I0761383

Nadie recuerda su propia muerte

BERENICE ANDRADE MEDINA

Nadie recuerda su propia muerte

Premio Mauricio Achar 2024

RANDOM HOUSE

El papel utilizado para la impresión de este libro ha sido fabricado a partir de madera procedente de bosques y plantaciones gestionadas con los más altos estándares ambientales, garantizando una explotación de los recursos sostenible con el medio ambiente y beneficiosa para las personas.

Nadie recuerda su propia muerte

Primera edición: julio, 2025

penguinlibros.com

ISBN: 978-607-386-110-6

Impreso en México – *Printed in Mexico*

Para Aidé que puso la vida.
Para Aimée que puso el sentido.
Para Neta y Pablo, la raíz.

También para Juan Antonio.

1

¿La locura se hereda como las maldiciones? ¿Con qué limpia se curan las brujerías de los genes?

★ ★ ★

Me llamaron Gregoria en honor a mi bisabuela loca Gregoria Cruz Toledo. Mamá Goya. Desde que creo, estoy convencida de que eso también me condenó: las maldiciones se heredan doble si además de llevarse en la sangre se llevan en el nombre.

El enfermero me pregunta, sin levantar la vista de su formulario, si en mi familia hay antecedentes de enfermedades mentales. No lo sé, le digo. *Mi abuelo le sostiene la mirada al diablo, pero nunca se ha dicho que esté loco*, no le digo. En el pueblo decían que el espanto había vuelto loca a Mamá Goya. ¿Cuenta la locura por brujería como antecedente familiar de enfermedad mental?

Parados en el umbral de una puerta, en medio de un pasillo concurrido, ruidoso, el enfermero lanza el resto de las preguntas del cuestionario.

—¿Escucha voces? ¿Ve objetos y personas que no ven los demás? ¿Se siente perseguida? ¿Ha pensado en quitarse la vida?

A todo contesto que no.

No es una emergencia, no necesita hospitalización, me dice sin mirarme a los ojos, y me manda a la recepción con una nota que tiene los datos de mi primera consulta formal en el Instituto Nacional de Psiquiatría.

Atravieso el pasillo con los ojos cerrados. No quiero que nadie corra el peligro de toparse con la negrura abismal que me sale por las cuencas. Soy un animal disecado que en lugar de vísceras, huesos y sangre tiene un chapopote denso capaz de chupar al que se atreva a verlo fijamente. De ese chapopote se fueron muriendo, uno tras otro, mi mamá y sus hermanos.

Muerte por chapopote me resuena en la cabeza mientras la recepcionista confirma mi cita para el siguiente día a las nueve treinta de la mañana y me cobra los setenta y un pesos que cuesta intentar curarse la locura.

★ ★ ★

La sonrisa efusiva de la doctora Miranda no encaja con la frialdad de su consultorio. Cuatro paredes blancas, percudidas, desnudas y sin ventanas rodean un escritorio de metal y un par de sillas viejas. En ese recoveco austero de la salud pública me dispongo a pedir que me salven de lo que sea que me esté pasando.

Me imaginaba acostada en un diván, porque así me enseñó la televisión que se cuentan los problemas de la cabeza. En cambio, incómoda, intento ajustar mi postura sobre una de las sillas, mientras cuento casi todo lo que ha sucedido desde que el mundo comenzó a temblar y mi cuerpo inició su camino a la descomposición.

⋆ ⋆ ⋆

Yo no creía. O no creía tanto. Creía a veces, cuando mi abuelo Isaías, Papá Chaía, se ponía borracho y contaba nuevamente cómo, a la distancia, había intentado salvar a mi madre, pero el destino es el destino y lo que está grabado en piedra no se puede borrar, decía. Entonces me agarraba el llanto y pensaba que tal vez era cierto que la muerte de mi mamá había sido culpa de la maldición y no del paro cardiorrespiratorio que sufrió en plena cirugía. Y creía por un momento.

Pero desde que la maldición de los Pineda Carlos me alcanzó, creo de tiempo completo. Apenas una semana después de mi cumpleaños treinta y tres, una angustia mortal me cayó de golpe y me hizo creer a chingadazos. Estaba cruzando una calle cuando el piso y los edificios y los postes se movieron con un temblor furioso. El corazón me latió tan fuerte que lo escuché azotarse contra mis huesos. Aún paralizada por el miedo, levanté la vista y me topé con la luz del sol pegando con un brillo enceguecedor, de esos que hacen que todo desaparezca en blanco. Me iba a morir ahí mismo, a mitad de la calle Larga Distancia, partida por un malrrayo en un domingo soleadísimo y despejado de enero.

Logré llegar a la banqueta con la ayuda de un muchacho que iba a pocos metros detrás de mí, arrastrando una bicicleta con una flojera mortal. Pasó a mi lado y me vio mirando al cielo, con la mano enterrada en el pecho, como deteniéndome las entrañas desparramadas del esternón.

Los siguientes diez minutos los pasé sentada en la banqueta, respirando rápido, sudando frío y llorando. El muchacho de la bicicleta me miraba afligido y me preguntaba a quién debía llamar para auxiliarme. Yo me detenía el pecho con la mirada clavada en el piso y sentía ese miedo casi irreconocible, el pánico que sólo había sentido antes, cuando el doctor se acercó para decirnos que mi mamá estaba muerta.

Entonces levanté la cara y dije en voz alta: "Ya empezó".

—¿Ya empezó qué? —Su tono de certeza socarrona me erizó los vellos, parecía que ya sabía lo que había empezado y que estaba ahí para llevarme de la mano al infierno.

¿Qué hora era? Mi cabeza trataba de ponerse en orden mientras el muchacho me miraba insistente esperando una respuesta. Era mediodía. La mala hora me había agarrado en la calle Larga Distancia. Si veía a los ojos al muchacho de la bicicleta que, ya no me cabía duda, era un aparecido, me iba a perder en un laberinto de espantos.

Me eché a correr.

★ ★ ★

El gesto de Miranda se mimetiza con la frialdad austera de su consultorio. Me mira sin expresión y permite que el silencio invada el consultorio. Demasiadas miradas, de pronto. A los pocos minutos, vuelve a abrir la boca para seguir con su interrogatorio.

—¿Qué sientes? ¿Qué piensas?

—Tengo miedo.

—¿De qué?

★ ★ ★

De niña aprendí que debo huir de la soledad durante las horas malditas del día porque el espanto pierde más rápido a quienes agarra solos. Correr de la mala hora es uno de los mandatos de mi abuelo que mi madre decidió descreer para hacerle caso al escepticismo que usaba sobre todo cuando tenía discusiones acaloradas con él por alguna de sus anécdotas de fantasmas.

Decía que los cuentos de mi abuelo eran historias de pueblo chico, figuraciones; él le contestaba que ella no quería ver lo que estaba ahí, que se hacía pendeja en el puro claro.

Pero a mí, el cuerpo me recordaba el mandato cada que su densidad ominosa me despertaba en la madrugada. El miedo se me metía por los ojos y viajaba licuado entre la sangre, hasta que el cansancio me ganaba y me volvía a dormir. Mientras avanzaba el reloj y se iba haciendo de mañana, la certeza de la maldad se encogía y le iba cediendo lugar a la duda, y la duda al sueño.

Así, en una vigilia angustiante, viví muchas de las noches de mis primeros años de vida. Mi adorada madre, Julieta, que había estudiado un poco y que conocía mucho más mundo que mi abuelo, decía que eran terrores nocturnos que con el tiempo iban a desaparecer. Y entre las idas y venidas de los cuentos de Papá Chaía a las dudas de mi mamá, lo que sea que me despertaba se diluyó en los años siguientes a mi inaugurada orfandad.

Por muchos años abracé con recelo las explicaciones de mi madre muerta, pero ahora siento cómo de a poco las entrañas se me están poniendo negras. La maldición me habita. Me llegó la hora.

★ ★ ★

Lánguida, hambrienta, casi moribunda, una luz amarillenta se filtra y difumina por la persiana blanca que bloquea la única ventana. El consultorio parece, con esa luz apagada, el fin del mundo, un mundito postapocalíptico cubierto por una nube de polvo.

—¿De qué tienes miedo?

—No sé. Sólo tengo miedo. Siento que me estoy pudriendo por dentro. Tengo miedo de pudrirme. ¿Ves esta roncha que ya se puso morada? —Me levanto la playera y le enseño mi abdomen invadido por una mancha violeta que no ha parado de crecer desde que apareció—. Ya se empieza a notar que me estoy pudriendo.

—¿No será que algo te picó? Parece más bien un piquete infectado, tal vez una reacción alérgica.

—No es eso. Me estoy pudriendo.

* * *

Fue precisamente mi madre la que me obligó a buscar ayuda médica. O fue su recuerdo y el poco juicio que me queda de ella.

La misma noche después del episodio en Larga Distancia, una roncha purulenta se expandió en mi vientre hasta que me rodeó el ombligo. La panza se puso roja, dura y rugosa. Nada pudo detenerme de rascarla hasta sacarme sangre.

La misma angustia de muerte que me había atacado a mitad de aquella calle hizo nido en la boca del estómago e irradió su fuerza en pulsaciones dolorosas que lanzaron agujas al resto del cuerpo. Afuera de mí, una neblina densa y maliciosa intoxicó mi habitación.

Lo peor eran los pensamientos que galopaban kamikazes, chocando unos contra otros y aventándose a la nada sin parar. Una canción, la voz de mi madre, los ojos de Adrián Acuino. Los oídos me zumbaban por la fuerza y el desorden. Parecía que no hubiera forma de callar el ruido.

Pero sí hubo: se calmó cuando me vi un golpe protuberante y coagulado en la frente. Fue más escandaloso el susto por haberme descubierto azotando la cabeza contra la pared, que el ruido de mi mente.

Cuando llegó el silencio, encontré a mi gato Canuto con la cabeza inclinada hacia un lado, viéndome como si tratara de reconocerme, como si tuviera mi nombre en la punta de su lengüita de lija que jamás podría pronunciar palabra.

—¡¿Qué tengo, mamá?! —grité en voz alta.

Es raro cómo a pesar de los años de no verla —más de la mitad de mi vida—, Julieta sigue siendo la persona a la que busco cuando tengo miedo. Debe ser porque hablarle a mi abuelo de mis tormentos termina siempre en regaño y en alguna anécdota de espantos.

Mi mamá no me contestó, porque muerta como está y aferrada a la no existencia de la vida después de la muerte, no se iba a dignar a aparecerse para consolarme; pero yo sé que me mandó, desde el más allá —donde debe estar mordiéndose su lengua espectral por decirme en vida que cuando te mueres te mueres y ya— la voluntad para dudar.

⋆ ⋆ ⋆

Bastan cuarenta minutos de preguntas para que, con su vocecita chillona, Miranda lance una primera sentencia.

—Estás describiendo un ataque de pánico, Gregoria. Los trastornos de ansiedad con frecuencia presentan síntomas de somatización. No te estás pudriendo, es tu cuerpo reaccionando a niveles insoportables de estrés.

Para ella, lo que me está pasando es una enfermedad mental más o menos común que puede controlarse con pastillas. Me voy a sentir bien.

Pero muy adentro, debajo de toda la mengambrea que está a punto de desbordarse por la garganta, algo me grita que es brujería, que es el mal que los Pineda Carlos cargan desde que Papá Chaía escapó del rapto que lo tuvo perdido en el mar.

Miranda continúa escuchándome atenta, ahora con un gesto compasivo que se dibuja en su rostro aniñado, más parecido al de una maestra de kínder que al de una psiquiatra.

—¿Por qué no hay nada colgado en la pared? ¿No tienes diplomas?

—Aquí damos consulta varios doctores, no podemos colgar nuestros títulos, pero si quieres, para que estés más segura, te lo enseño en la siguiente sesión. Quiero que te sientas cómoda, porque nos vamos a estar viendo muy seguido. ¿Tienes más dudas?

Sí, Miranda, tengo más dudas: ¿crees que si me hago una limpia, las pastillas funcionen mejor? No quiero terminar muerta como Julieta.

⋆ ⋆ ⋆

Mi abuelo me decía que a mi mamá Julieta ni muerta se le iba a quitar lo necia y por eso su fantasma nunca nos visitaba. Según él, una vez alcanzó a verla parada detrás del árbol de tamarindo —donde mis abuelos enterraron los ombligos de todos sus hijos—, mirando la casa, con su pelo suelto, justo el día en que la fiebre me tiró a los catorce años y tuvieron que llevarme de emergencia en taxi hasta Juchitán para que me atendieran en un hospital.

—Tu mamá te estaba cuidando, Goyita. Amalaya te cuidara más seguido para que entraras en razón y te regresaras a vivir con los tuyos.

Yo a veces la sueño, pero como se sueña cualquier cosa, como se sueñan los recuerdos: revueltos y sin sentido. Sé que no es ella, sino lo que queda de ella en mi cabeza.

Pero ahora cuando el terror me despierta y el sudor deja un caldo en mi cama; cuando el corazón se me sale cada noche y atestiguo cómo la roncha va conquistando mi piel centímetro a centímetro, le hablo en voz alta:

—Mamá, aparécete. No me dejaste nada, por lo menos ven a cuidarme en lo que esta maldición me acaba de matar. No me quiero morir.

★ ★ ★

Si con la muerte acabara todo, yo creo que no me daría tanto miedo morirme. Pero ningún Pineda Carlos se ha muerto para no contarlo. Yo no los he visto con mis propios ojos, porque no tengo ese don como Papá Chaía, pero los siento cada que el terror me sacude, me saca el aire, me duerme las manos y me mueve el piso. Ahí están, Miranda.

Pero Miranda no me escucha porque yo no digo lo que en verdad quiero decirle. Si le contara que la maldición que ha matado a casi toda mi familia llegó por mí, me tiraría de a loca.

Y qué tal que sí tiene razón y lo que pasa es que mi cerebro no está funcionando, y qué tal que sólo me estoy volviendo loca porque en el volado biológico me tocó las de perder.

—Es muy común que las personas padezcan de alguna disfunción. Si todos se sometieran a un electroencefalograma como tú lo hiciste, encontrarían algo, aunque sea pequeñito, que no funciona según la norma. Pero para algunos es muy evidente. En tu caso hay que encontrar qué factores psicológicos desataron la crisis, porque tú, antes de manifestar los ataques de pánico, ya eras propensa a sufrirlos por factores biológicos, hereditarios, es difícil saberlo. Hay a quienes les pasan las peores cosas y se recuperan casi inmediatamente; hay para quienes es más difícil. Casi podría asegurarte que es cuestión de suerte. Pero con el tratamiento adecuado puedes tener una vida perfectamente funcional. ¿En tu familia hay historial de trastornos mentales?

—No que yo sepa. No.

Me desabrocho los tres primeros botones de la blusa para que una enfermera escuche mi corazón con un estetoscopio. Se asoman pegadas en mi pecho hojitas de la rama de romero que me guardo en la copa del brasier. La enfermera levanta la cara y me caza los ojos en busca de una respuesta para la pregunta que no enuncia por pena.

—Es costumbre de mi familia ponerse hierbas aromáticas en la ropa. —Bajo la cabeza para no tener que verla. Casi no miento: los Pineda Carlos inútilmente han cargado hasta su muerte con ramas de romero para protegerse de los malagüeros que de todos modos los han llevado a la tumba.

★ ★ ★

El diagnóstico preliminar es trastorno de ansiedad generalizada, trastorno de pánico con rasgos de somatización y trastorno depresivo mayor. Para ser algo tan sencillo de controlar, como asegura Miranda, son demasiados trastornos.

El electroencefalograma reveló que hay una hiperactividad inusual en mi lóbulo prefrontal derecho. Miranda sonríe con una mueca exagerada, como quien se acaba de ganar un premio, mientras me explica que pequeñas descargas eléctricas están desajustando el funcionamiento normal de mi actividad cerebral. Con los medicamentos adecuados, las dosis correctas y la terapia indicada voy a "salir adelante".

—Eso me dijo la doctora, Papá Chaía. —Pego mi boca al auricular para que mi abuelo de casi noventa y un años escuche bien—. ¿Qué tal que es cierto?

—Goyita, regrésate al pueblo.

—¿Cómo está Mamá Poncha?

—Nada pude hacer por la necia de tu madre ni por ninguno de mis hijos porque los tenía muy lejos.

—Pero me acaban de dar el carnet del hospital. Voy a tomar terapia semanalmente, y la doctora me da mucha confianza.

—Déjate de pendejadas, Goya. Tú bien sabes que lo que te está pasando no es enfermedad. ¿Te quieres morir?

—Si me muero, prefiero morirme aquí que en ese pueblo maldito.

Pero yo, sobre todas las cosas, no quiero morirme en ningún lado.

★ ★ ★

No sé qué recomendaría la Julieta muerta. Aunque estuviera ahí, viendo desde las sombras —como Papá Chaía dice que seguramente está—, no se va a manifestar. Sé que la Julieta viva me diría que tomara mis pastillas y me acompañaría muy puntual a mis citas semanales con Miranda.

Decido hacerle caso al recuerdo de mi madre. Lleno el formulario para evaluar mi nivel socioeconómico. Resulta que, por mi carrera técnica y mi sueldo de doce mil pesos, me alcanza para pagar doscientos pesos por consulta.

Me estoy tomando tan en serio el compromiso, que, por encomienda de Miranda, me voy a cruzar Larga Distancia una tarde, como aquel domingo en el que todo se resquebrajó.

—Vamos a empezar por contrastar las creencias falsas que generan los pensamientos rumiantes y las emociones adversas; y a la par, vamos a hablar sobre tus emociones y recuerdos. Es importante que sepas que encontrar la raíz del problema, dónde empezó todo, no va a resolver por sí solo los ataques de pánico. El cerebro, independientemente de los factores psicológicos, genera mapas mentales, cableados específicos que se activan con ciertos desencadenantes y provocan que tu cuerpo reaccione como la primera vez que estuvo expuesto al estímulo; y esos cableados nunca desaparecen, pero sí podemos crear otros, nuevas rutas de emociones para reaccionar, que sustituyan las viejas. Esas nuevas rutas no se hacen por decisión propia, sino a partir de conductas.

—Entonces, ¿esto me pasa por algún trauma?

—No necesariamente, ya veremos. Sabemos que en tu caso hay una disfunción en el lóbulo prefrontal, pero de todos modos en la terapia vamos a buscar si existen desencadenantes psicológicos. Mientras los encontramos, vas a empezar a contrastar las creencias falsas con la realidad. Y la primera creencia falsa es que algo malo te va a pasar en esa calle donde tuviste el ataque de pánico.

⋆ ⋆ ⋆

Me bajo del pesero y repito mis pasos para recrear, casi como un ritual, aquel día de espantos.

¿Qué andaba haciendo yo en esa colonia tan lejos de mi casa? ¿Quién me había mandado a caminar por esa calle solitaria en plena mala hora?

⋆ ⋆ ⋆

Una de las máximas de Papá Chaía es que uno no debe estar solo ni al mediodía, cuando el sol pega directo, ni a las seis de la tarde, cuando la luz languidece en su camino a la muerte, ni a las tres de la mañana, cuando el diablo da sus rondines. No entiendo por qué la maldad tiene horarios, pero mi abuelo dice que no hace falta entender, sino desapendejarse y nunca mirar a los seres del encanto a los ojos, porque es con la mirada como te desaparecen.

—¿A quiénes no hay que ver directo a los ojos? —En mi cabeza guardo el recuerdo de mi madre preguntándole burlona a su papá borracho.

—A los invisibles.

—Ay, papá, ¿y si son invisibles cómo los vamos a ver? Usted se contradice con sus cuentos.

—Pues con los ojos, Julieta. Los ojos ven todo, nomás hay que tener voluntad de ver.

★ ★ ★

Ni bien me bajo, el pesero se arranca, y otra vez, como aquel domingo, me encuentro frente a la calle; sola yo, sola ella.

A media cuadra de Larga Distancia empiezo a escuchar el traca-traca de la cadena de bicicleta dando vueltas lentamente. Primero lejos, luego cerca, más cerca, tan cerca que cuando llego a la esquina, a punto de cruzar la calle, como si fuera susurro, ya lo traigo en la oreja. El miedo me hace piedra, pero no volteo porque no quiero verle los ojos a esa maldición en forma de muchacho apazguatado.

Tan pronto como mi cuerpo se suelta, corro hasta la siguiente avenida. La roncha morada en el vientre me arde como lumbre, el pecho me duele, las manos me hormiguean y una espuma de mocos y bilis me burbujea en la garganta. Pasado el vómito, me subo al Trolebús deseando que me lleve directo a Reforma de Pineda. *Qué trastorno de cagada ni qué ocho y cuartos.*

En mi casa hago maletas. Meto a Canuto a la jaula y agarro camino. No tiene caso renunciar, despedirse, dar aviso. Aquí nadie, más que mi gato, me quiere.

2

Las cejas de Valentín, el mayor de los seis hijos que Isaías Pineda Cruz tuvo con Alfonsa Carlos Meza, se veían más despeinadas de lo común. Parecía que la angustia de la espera, o tal vez la responsabilidad de acompañar a una niña en un hospital, le había alborotado la cara.

Valentín veía fijamente a su sobrina Gregoria, pero ella sabía que en realidad no la estaba viendo. La niña de doce años, pequeña y escuálida, era una fuerza gravitacional; en ese momento el mundo entero de Valentín era ella, que estaba a punto de quedarse huérfana. Todo él, la inclinación de su cuerpo, sus cejas alborotadas y sus ojos sin ver se dirigían a ella.

—¿Tienes hambre, mija? —resonó su voz entrecortada, tras horas de silencio. No habían pasado ni tres meses desde que un accidente de coche mató a su esposa y mandó al hospital a dos de sus hijas. Valentín estaba cansado de su dolor.

Los hermanos de Julieta estaban todos muy asustados por la "mala racha" que los Pineda Carlos atravesaban: en Viaducto un borracho se había ensartado en el carro donde Valentín y su familia regresaban de la vela patronal que la diáspora de Reforma de Pineda hacía en la ciudad; dos semanas después, Alfonsino se había volteado en la carretera México-Cuernavaca; a Tavito, un par de policías lo habían levantado; y por una mala cesárea, Juliana, la hija mayor de Romana, había perdido bebé y matriz en una sola operación. Luego se desató la moridera y Gregoria Pineda Carlos, o Goyita, como le decían en ese entonces, se quedó solísima en el mundo.

Los dolores empezaron en la tarde, justo después de comer, y por eso primero creyeron que se trataba de una indigestión. Julieta lavaba los trastes y al tiempo regañaba a Goyita por no haber metido una carga de ropa a la lavadora. Ella era una niña tranquila, simplona, y su madre había renunciado a todo lo que no fuera su trabajo y su hija; sus discusiones eran siempre intercambios aburridos de malentendidos cotidianos. Entonces Julieta soltó un grito, que sonó más como un gemido hueco, de esos que uno suelta si le sacan el aire con un golpe. Cuando Goyita llegó a la cocina la encontró doblada en el piso, jadeando, agarrándose el vientre con las manos jabonosas.

En los doce años de vida compartida, a Goyita ya le había tocado cuidar sola a su mamá enferma varias veces: que si una gripa quebradora, que si cólicos intensos, que si un esguince de tobillo, pero nunca la había visto caerse gritando de dolor y, sobre todo, nunca le había pedido que llamara a su familia por ayuda. Julieta sabía que se iba a morir. Tal vez entonces ella misma creyó en la maldición familiar que había tomado por cuento casi toda su vida.

—No tengo hambre, padrino. Si mi mamá se muere, ¿usted me va a cuidar? ¿Con quién voy a vivir?

—Tu mamá va a estar bien, mija. No pienses en eso.

* * *

Antes de que el ovario le explotara mientras lavaba los trastes, Julieta no había tenido tiempo de pensar en su muerte. De día era maestra de sexto de primaria en una escuela particular en el sur y de noche era maestra de secundaria para adultos en el norte. Pasaba sus días atravesando la ciudad, preparando clases y calificando tareas en el metro. Nunca se dio un respiro para planear vacaciones, mucho menos para planear el futuro de Goyita si la muerte la sorprendía un miércoles cualquiera.

Pero cuando el dolor la tiró al piso, sin otra cosa que hacer más que retorcerse y esperar a que alguien con fuerza y suficiente masa muscular la levantara y la llevara al hospital, tuvo tiempo para darse cuenta de que no había arreglado nada: ni papeles, ni dinero en el banco, ni las escrituras del diminuto departamento que habitaban y que seguía a nombre de la excuñada del hombre que había sido padre de Goyita. Nada. Si se moría —que se iba a morir, porque ese tormento sólo podía ser de muerte—, su hija iba a quedar en el desamparo a la buena de Dios. Sintió pánico. Entonces el dolor la golpeó sin clemencia y se desmayó.

De camino al hospital, en una ambulancia a la que dejaron subir a la niña, Julieta despertó por unos minutos y balbuceó algo que nadie entendió. Luego se volvió a desmayar y ya nunca más se le vieron los ojos abiertos. En esos minutos descubrió que era cierto eso de que la vida le pasa a uno frente a los ojos cuando está a punto de llegar la muerte. Bueno, no tanto así: descubrió más bien que esos últimos minutos de conciencia se alargaban y le daban tiempo de, por ejemplo, ver pasar su vida frente a sus ojos; pero, aunque el tiempo parecía suficiente para recordar los últimos treinta y siete años, Julieta los usó para reproducir una serie de pensamientos angustiosos y erráticos acerca de cómo la maldición que había vuelto loco de tristeza y paranoia a su papá se la estaba llevando. Y pensó también, llena de terror, que no quería pasar la eternidad enterrada al lado de esa familia maldita. Fue entonces cuando trató de balbucear eso que nadie entendió:

—¡Que me cremen, que me cremen!

En ningún momento, y eso que tuvo tiempo, usó ese pensamiento racional que la hizo alejarse de su familia durante casi toda la vida de su hija. De haberlo hecho, tal vez la angustia hubiera sido menor y su cuerpo hubiera reaccionado mejor a la anestesia que le provocó el paro cardiorespiratorio. Tal vez ahora seguiría viva.

⋆ ⋆ ⋆

Pero Isaías, o Papá Chaía, como Goyita aprendió a decirle cuando tuvo que irse a vivir al pueblo, decía que Julieta ya estaba marcada.

La madrugada anterior a que un quiste de ocho centímetros explotara como granada y provocara una hemorragia interna en el ovario derecho de Julieta, el anciano recibió la visita de su tío Reydavid.

Papá Chaía ya sabía que ver a Reydavid era de malagüero, no sólo porque llevaba difunto desde 1925, sino porque cada que se encontraba con él, alguien más terminaba muerto. La última vez, en 1973, Reydavid se había aparecido con una botella de mezcal para avisarle que Poncha estaba embarazada de su último hijo, y al cabo de dos días, su amante Cándida murió por culpa de una diarrea fatal.

En esta ocasión, Reydavid apareció con las manos vacías. Eso le facilitó la descortesía de zangolotearle la hamaca a Chaía, que del sueño profundo pasó a la alarma y terminó en el piso. Reydavid era uno de esos aparecidos que siempre llegaba haciendo aspavientos. "De milagro no se ha aparecido con una sábana blanca", decía Papá Chaía.

Apenas Goyita llegó al pueblo para iniciar su nueva vida de huérfana, Papá Chaía le contó a Valentín y a su mujer Alfonsa, o Mamá Poncha, como Goyita se acostumbró a decirle a su abuela, que Reydavid le había dicho que era hora de seguir con el pago de aquella deuda que tenía pendiente. La terquedad de Julieta de mandarse sola, de no tener marido, la había convertido en la elegida para ser la primera de los Pineda Carlos en irse al panteón.

—"Mira, Reydavid", le dije, "a mi hija no se la llevan. Mejor llévame a mí que ya soy puro cuero viejo", pero el aparecido no estaba negociando.

* * *

De su vida con Julieta no quedaba mucho, sólo la ropa que hasta entonces su mamá le había comprado, y la ropa de Julieta, que Mamá Poncha guardó por un rato, para luego repartirla entre su hija y nietas favoritas.

Goyita alcanzó a guardar un álbum de fotos que su mamá había procurado sin mucho cuidado: recuerdos descoloridos, mal pegados, de la adolescencia de Julieta y de la etapa como bebé de Goyita, la imagen de un señor encorbatado —tal vez su padre— y unas cuantas fotos tamaño pasaporte con una Julieta relamida y con los ojos muy despiertos.

Todo cupo en una maleta mediana porque la ropa de Goyita se contaba en tres pantalones, cinco playeras, dos vestidos y una decena de calzones, corpiños y calcetas. Metió además un par de zapatos negros, un par de tenis blancos, los que usaba para las clases de Educación Física de la escuela, una barbie pirata con el pelo mochado y párale de contar.

Pero la maletita pesaba como si llevara tabiques porque cargaba la ausencia de Julieta, su vida amputada, su maternidad torpe, atropellada, que existiría, a partir de entonces y para siempre, sólo en la cabeza de su hija.

Nunca volvió a ver aquel departamento con su papel tapiz descarapelado, los sillones hundidos y las casitas diminutas de madera que a su mamá le gustaba coleccionar. Todo desapareció cuando Valentín le puso llave a la puerta y le dijo al portero que la señora Julieta había muerto y que la niña iba a vivir con sus abuelos.

—Aquí le traigo a su nieta, mamá. Sin madre ni padre, les toca a los viejitos cuidarla.

—Ay, hijo, qué maldición. Con tanto cansancio uno ya no puede criar niños. Ven, mijita. Vamos a darte de comer.

Mamá Poncha la envolvió en un abrazo con sus enaguas. Así inició la vida de Goyita en Reforma de Pineda: entre la asfixia de la tela y la humedad de sus mejillas mojadas de llanto.

⋆ ⋆ ⋆

La despertó el motor del coche que llevaba el cuerpo de su mamá al pueblo. Pasaban las seis de la mañana cuando el Grand Marquis 1989 convertido en carroza fúnebre se estacionó junto al árbol de tamarindo del patio de sus abuelos.

Mamá Poncha salió en corretiza de la cocina recogiéndose las enaguas para recibir el cuerpo tieso de Julieta, mientras Papá Chaía terminaba de amarrar las últimas palmas de la enramada que serviría de techo para toda la visita.

—Valentín, vete con Tío Chalo para que haga la invitación a los rezos.

—Mande a la niña, mamá. Yo tengo que echar los cuetes y ayudar a papá a terminar la enramada.

—No, pérate, ya fue Tavito.

—¿Dónde ponemos los restos de la doña? —interrumpió el copiloto del Grand Marquis.

De Julieta quedaban restos de piel, restos de pelo, restos de dedos, restos de ojos. Goyita sabía, porque ya estaba lo suficientemente grande para saber, que el cuerpo que estaba metido en esa caja modesta de pino ya no era su madre Julieta, sino materia orgánica muerta descomponiéndose. Restos. Mamá Poncha miró a Goyita observando lo que quedaba de su vida y supo que de Julieta quedaban también restos de hija.

—Pónganla en ese cuarto, chuncos. Con cuidado, no me vayan a tirar las veladoras del altar.

"*Muere el sol en los montes con la luz que agoniza*" —sonó de pronto en todos lados la voz de Pedro Infante, como si Dios hubiera agarrado un megáfono y se hubiera puesto a cantar por el velorio de Julieta— "*pues la vida en su prisa nos conduce a morir*". Otra voz, una gangosa y pausada, interrumpió la canción: "Se les invita al velorio de la difunta Julieta Pineda Carlos, hija de Isaías Pineda Cruz y de Alfonsa Carlos de Pineda. Habrá café, pan y estofado. Le sobreviven sus padres, sus hermanos Valentín Pineda Carlos, Romana Pineda de Guzmán, Fidela Pineda de Pineda, Alfonsino Pineda Carlos y Gustavo Pineda Carlos, y su hija Gregoria".

En menos de cuatro años, la misma invitación se escucharía otras cinco veces en el megáfono del pueblo, una por cada hijo que Mamá Poncha parió. Tío Chalo, como le decían al señor que daba los anuncios, pondría cada vez ese disco de Pedro Infante cantando "Dios nunca muere" y cada vez, también, Chaía y Poncha ofrecerían café, pan y estofado. Goyita sería la única nieta que los acompañaría a enterrar a todos sus hijos, y los tres se convertirían paulatinamente en restos de Pineda Carlos.

Pero esa mañana, en la que todavía no despegaba bien el sol y su luz no había recalentado la tierra ni viciado el aire de vapor, los Pineda Carlos no sabían que, como cuerpo con gangrena, se estaban muriendo por partes.

⋆ ⋆ ⋆

Hasta un mes después del entierro de Julieta, Goyita entendió por qué Mamá Poncha no había llorado ni un poco. Cuando la primera rezadora llegó a la casa, la abuela cambió su semblante vivaz por el de una viuda inconsolable o el de una madre que, de hecho, acababa de perder a una de sus hijas: pegó un grito tan agudo y alargado que parecía que le hubieran atravesado el cuerpo lentamente con un cuchillo filoso embadurnado de chile. Pero sus ojos estaban secos, y así sin llanto se mantuvieron todo el tiempo que Mamá Poncha siguió gritando de eso que, Goyita estaba segura, no era dolor, aunque sonaba a tortura.

Ella tampoco lloraba. No le salía nada: ni chillidos de cerdo en sacrificio, ni manotazos, ni jalones de pelo. Sólo estaba flotando en medio de todo, con los ojos fijos en la caja de madera que contenía el cuerpo de su madre.

Lloró hasta que el ataúd comenzó a estar fuera de su vista, cuando aquellos dos señores con palas le arrojaron tierra y el café del pino se coloreó de negro del panteón. Ahí sí se soltó a gritar con la cara inundada de llanto y mocos.

—Ponchita no quería a la finada porque le mató al cuatito en el vientre —le dijo la vendedora de tasajo a la vendedora de empanadas en el mercado, un mes después del entierro—. La otra criatura venía con el cordón enredado en el cuello.

—¿A poco, Josefita? Yo había escuchado que era porque Chaía no dejó a la querida ni cuando Poncha se alivió.

—No, Ponchita ya estaba acostumbrada a las queridas. La niña venía mala desde el vientre, dicen.

—Pobre mujer, ¿qué culpa?

—Cuando sacaron al cuatito, todo moradito, dicen, trataron de revivirlo. Le pasaron un huevo y ahí salió toda la porquería que el chamaquito traía, dicen, que de la hermanita que era puro mal. Que ella mató al niño.

—¿Cómo va a matar al niño una recién nacida? Pobre criatura, ni una lágrima de su madre.

—Dicen que ya venía con algo malo y que seguro también por eso murió tan joven. Pues como todos esos Pineda Carlos que traen cargando su cruz.

Tía Josefa y Tía Ermilda, como conocían en Reforma de Pineda a las vendedoras, no habían visto que Goyita estaba al lado vendiendo memelas y camarón.

Mamá Poncha decía que ya estaba muy mayor para seguir yendo al mercado a vender, que siempre estaba cansada por el trabajo extra que le implicaba la niña. Pasado el rezo de los cuarenta días, le dijo a Goyita que ahora ella se encargaría de ese trabajo, y al día siguiente, muy temprano, mandó a su nieta al mercado con una tina llena de totopo y requesón.

—¿Mi mamá mató a su gemelo? —preguntó Goyita de sorpresa a las señoras argüenderas sin dejar de espantar moscas con un abanico.

—No, mimadre, ¿cómo crees? —Tía Josefa, con la cara colorada, miró a Goyita—. No hablábamos de tu mamá.

⋆ ⋆ ⋆

Las cuatro veces anteriores que Goyita había visitado Reforma de Pineda no sumaban juntas ni diez días. Julieta y ella siempre huían antes de que el calor y los zancudos convirtieran a la niña en un trapo moreteado lleno de pus.

Al mes de vivir con Mamá Poncha y Papá Chaía, ya había sufrido, por lo menos, una diarrea a la semana. Su estómago, acostumbrado a desayunar cereal procesado con leche ultrapasteurizada empacada en Tetrapak, se contraía en espamos alocados con la leche bronca, el frijol a las siete de la mañana y los huevos freídos en manteca de cerdo.

El calor pesaba como una masa transparente chorreante de sudor y el aire se respiraba como si fuera vapor de sauna. Por las noches los zancudos le comían hasta el cuero cabelludo. Reforma de Pineda la estaba matando.

El primer día de escuela en la secundaria técnica del pueblo, Goyita tuvo taller de apicultura. Hasta entonces, lo más cerca que había estado de una abeja había sido aquella vez que una se posó sobre el pedacito de sandía con miel que le habían dado de postre en la fonda donde Julieta y ella solían comer. El maestro, un hombre panzón de ojos verdes llamado Erlín, que también enseñaba Historia e Inglés, la dejó observar y hacer actividades "de apoyo".

La mandó por una cubeta llena de agua para que los otros niños se lavaran, pero no logró cargar todos esos litros de vuelta. Vivir en Reforma de Pineda le exigía una fuerza extraordinaria que ni su estómago, ni su piel ni sus brazos podían alcanzar.

La apodaron entonces "Chinaquita Fresa", en honor al mote que los Pineda Carlos tenían desde que Isaías era adolescente: "los chinacos".

—¿Qué es un chinaco, Mamá Poncha? —le preguntó a la abuela la tarde en que regresó arrastrando el costal de humillación y burlas de su primer día de escuela.

—Chinaca. Es un muer, mur, muerciégalo.

—¿Murciélago?

—Eso.

—¿Por qué nos dicen así?

—Porque tu abuelo se convirtió en uno hace mucho tiempo.

* * *

Sólo los Preto y los Maciel tenían el baño adentro de la casa. Como eran los ricos del pueblo, vivían en construcciones de dos pisos con escaleras internas, cocheras y antenas inalámbricas que podían verse desde el quiosco de la plaza central, la única de Reforma de Pineda.

La casa de Poncha y Chaía, a las orillas del pueblo, casi a la salida del camino al río, era una sucesión alargada de seis rectángulos conectados por huecos sin puertas, sin muebles, rodeada por un patio con pinta de cancha de futbol llanero, y en medio de ese patio, dos cuartitos —apenas levantados, apenas con puertas de esas incompletas, como a medio terminar— uno con un inodoro sin tapa y otro con una regadera sin llave de agua caliente.

Mamá Poncha y Goyita dormían en el rectángulo del extremo derecho, el que conocían los Pineda Carlos como Cuarto Grande, a donde habían llegado a vivir los abuelos cinco décadas atrás. Esta era su versión moderna, con paredes de tabique relleno de concreto que sustituyeron las de palma rellena de adobe que el mismo Chaía construyó en 1946.

El rectángulo tenía un cuartito interior con un ropero, una cama individual, que se convirtió en la cama de la niña, y un altar con vasos de veladoras chamuscados alrededor de una Virgen de Juquila de cerámica con fotos tamaño infantil de gente muerta, agarradas con alfileres a su túnica de tela de verdad. En el cuarto exterior había una hamaca grande, que Mamá Poncha amarraba por las noches para extender su catre, una tele en blanco y negro, un tocadiscos, dos ventiladores y una vitrina con imágenes de sus hijos y nietos.

A diferencia de los otros cuartos, esa habitación estaba fresca porque tenía techo de teja y no de lámina como las demás; y el ventanal, que alguna vez había sido puerta, se abría grande hacia la calle. Era el único sitio de la casa en el que Goyita no se sentía extraviada en un desierto.

El resto, era para ella un lugar desconocido, bochornoso y miserable; el recuerdo presente de lo que había perdido: las paredes moradas de su cuarto, su espejo con marco de madera, la televisión a color en la habitación de Julieta, el Nintendo usado que le había comprado su mamá cuando cumplió doce años.

Pero lo que más extrañaba era el baño adentro de su casa.

Ahora, en su vida nueva, Goyita tenía que salir azotada de angustia, bajar el corredor, caminar sobre polvo veintitrés pasos y llegar a un cuartito apenas cuarto lleno de zancudos y cucarachas del tamaño de un ratón.

Julieta le había dicho, una de las veces que visitaron el pueblo, que se diera de saltos por el lujo, porque en sus tiempos de niña, ella había tenido que hacer sus necesidades en un hoyo en la tierra. Si Julieta hubiera sabido, cuando le contó divertida de las letrinas y de los baños en el río Ostuta, que, en contra de todos los esfuerzos de su vida, tendría que pasar el resto de sus días en el más allá enterrada en un hoyo de Reforma de Pineda, se hubiera muerto de una vez de tristeza.

* * *

Y fue por una salida al baño que Goyita tuvo su primer encuentro con la maldición. Mamá Poncha le había advertido que no tomara agua antes de acostarse porque no querría atravesar medio patio en la noche, corriendo el riesgo de que le saliera un ánima de la mala hora.

Entre sueños trató de aguantarse, pero un chorro tibio le ganó, se expandió en el calzón y la despertó casi de golpe. La vergüenza fue mayúscula, mucho más grande que su estatura de doce años, que la de Julieta y que la del mismo Valentín, que era el único de los Pineda Carlos que había crecido alto y frondoso como el árbol de tamarindo que le daba sombra al Cuarto Grande.

Se levantó de la cama y extendió la sábana sobre el ventilador, con el óvalo de humedad justo en el centro para que los abuelos no se enteraran de que su nieta huérfana, ya con tres pelos en las axilas, se había orinado en la cama como niño malcriado de tres años.

Metió un pie en el zapato y luego el otro. El pie derecho no entró, los dedos toparon con una masa fría arrinconada al fondo. Levantó el zapato y lo sacudió para sacar lo que estuviera haciendo bulto, entonces salió una ranita y pegó un salto al mismo tiempo que ella soltaba un grito de muerte. El animal cayó en la cama y la miró con ojos de conciencia. Su mirada se enterró en la cabeza de Goyita y sus pupilas quedaron fijas en las de ella.

Hacía calor, pero en ese momento, con los ojitos saltones mirándola como gente, su cuerpo era hielo. El pánico le borboteaba en la garganta, pero estaba tan tiesa que no podía gritar más.

Mamá Poncha se atragantó con su siguiente ronquido y, como si no hubiera tenido setenta años, salió botada del catre con un brinco tan ágil que lo volteó.

—¡¿Qué tienes, Goyita?! —gritó desde el umbral. El animal se habría tragado su alma si Mamá Poncha no hubiera despertado.

—Una rana se metió a mi zapato y la toqué con el pie —le contestó tragándose el llanto.

—Eso es malagüero, mija. Vente a dormir conmigo.

—Tengo que ir al baño, Máma Poncha. Ya no aguanto.

—Hija de la chingada, te dije que no tomaras agua tan tarde. Vamos aquí nomás, abajo del corredor. No se nos vaya a aparecer la cuche enfrenada.

—¿Qué es eso?

—El diablo convertido en marrano.

⋆ ⋆ ⋆

Antes de esa noche todos los aparecidos de los que hablaban los abuelos habían sido cuentos de espantos que dejaban de asustarla en cuanto se envolvía en la sábana y se quedaba bien segura arriba de la cama con el ventilador soplándole en la cara.

No sabía qué hora era cuando salieron al baño, pero la noche estaba negra y espantosa como pupila de muerto, como son las noches a la hora del diablo.

Papá Chaía, advertido por el rezo de groserías que Mamá Poncha repitió en una suerte de trance religioso —“hijo de la chingada-malrrayo te parta-cabrón-malparido-saltapatrás-chinga tu reputísima madre, hijo de la chingada-malrrayo te parta-cabrón-malparido-saltapatrás-chinga tu reputísima madre”— saltó de la hamaca tupida de mugre en la que dormía todas las noches, casi a la intemperie, en el corredor de la casa.

—¿Qué hacen afuera, Poncha? Enciérrense. No son horas.

—La niña quiere orinar. Se le acaba de aparecer un… cómo se llama, un malagüero. Haz aquí nomás, mijita, al rato riego. —Señaló un pedazo de tierra en el patio.

De los cincuenta y un años de casados que llevaban Papá Chaía y Mamá Poncha, sólo dos habían dormido juntos.

Cinco días después de cumplir veinte años, Poncha se puso el vestido bueno, el que había usado en la boda de su hermanita Agustina y en el bautizo de Valentín, cargó al bebé y se fue al Palacio Municipal para divorciarse de Chaía porque la había llevado a vivir muy lejos.

Chaía, que en ese entonces era presidente del Ejido, llegó al poco rato, todavía con la ropa de trabajo, percudida y llena de sudor, a aclarar los dichos.

El presidente municipal, un tal Manuel Pineda, de los Pineda importantes, los de Juchitán, escuchó con calma los argumentos de los dos muchachos. Ya le habían llegado los chismes de que Chaía y Ponchita se llevaban tan mal que era común verlos peleando a golpes afuera de su casa. No entendía cómo, tan bravo ese muchacho, tan bueno con la retrocarga que a los quince ya había sido capitán de la policía rural, no calmaba a su mujer con un par de sopapos.

Un golpe lo sacó de la reflexión. Poncha había agarrado una de las sillas de la municipalidad y la había aventado contra Chaía, que estaba justo enfrente de él. Manuel Pineda le agradeció al Patrón Santiago que la noche anterior no se hubiera ido a emborrachar a la cantina, porque en ese momento pudo detener con las manos el porrazo que Chaía esquivó.

—¡Sáquense, cuches en brama! ¡A pelear a su casa! —Lanzó la silla en medio de la pareja.

A partir de entonces, Chaía durmió en la hamaca de afuera de la casa o en el catre de alguna querida.

Mamá Poncha se encerraba en el Cuarto Grande desde las ocho de la noche, primero sólo con Valentín, y luego, pasados los años, con los niños que se fueron sumando a la desdicha de los Pineda: Romana, Julieta, Fidela, Alfonsino, Tavito y los dos que no alcanzaron nombre porque murieron antes de nacer. Pero como Chaía era su marido y en el fondo ella lo quería, de vez en cuando dejaba la puerta sin atrancar y esperaba a que ese hombre, que le gustaba tanto desde que lo vio montado a caballo en aquella feria de Zopilote, con la pistola en la cintura y el sombrero de lado, entrara al cuarto, se metiera al catre y la hiciera mujer otra vez.

Por eso Mamá Poncha parió ocho hijos al hilo, hasta que, en diciembre de 1974, cinco meses después del nacimiento de Tavito y tres semanas después de que aquel flujo blanquesino y hediondo que se había curado antes con una de las pomadas que le daba Tía Clarita regresara con una comezón necia que ni las friegas de alcohol podían detener, atrancó la puerta todas las noches sin excepción.

—¿Qué fue lo que viste pues, mija? —le preguntó Chaía a Goyita mientras extendía la hamaca para sentarse.

—Una ranita que me veía a los ojos como si supiera quién era yo. No tenía ojos de rana, Papá Chaía. Le juro que parecía una persona con cuerpo de rana.

Si Julieta la hubiera escuchado le habría dicho que se sacara esa idea de la cabeza, que dejara de ver películas de terror y que se fuera a dormir con ella para que se le pasara el susto. Papá Chaía, en cambio, sacó una botella de mezcal, se echó un buche en la boca y se lo escupió en la cara mientras Mamá Poncha le daba manotazos en los brazos.

—Es para curarte del susto, Goyita.

Pero el remedio no sirvió. El susto, como humedad discreta, fue reblandeciendo sus entrañas sin que ella se diera cuenta. Le infectó la sangre.

★ ★ ★

Desde el encuentro con la ranita en su zapato, Goyita evitaba ver a los ojos a cualquier animal que le saliera al paso, así fueran los bueyes que arrastraban la yunta de su abuelo.

Al día siguiente, Papá Chaía le explicó que había brujos que podían convertirse en animales para hacer maldades, como robarse gallinas o almas.

El peor de todos, del que más tenía que cuidarse, era el cadejo, un perro negro, con los ojos rojos y brillantes, que se aparecía en la noches. El diablo mismo lo había creado y encontrárselo significaba condena.

—¿Tú lo has visto, Papá Chaía?

—Varias veces, mija. A mí todos esos diantres y encantos me respetan. Pero tú, Goyita, si te lo encuentras, no lo veas a los ojos.

No sólo era el miedo a encontrarse con algún hombre-animal que hubiera dejado enterrada su piel debajo del monte en lo que salía a atormentar almas; también una sensación permanente de persecución la envolvía. Caminar viendo por el rabillo del ojo se volvió costumbre. Algo invisible la acompañaba todo el tiempo, y por las noches se acostaba a su lado, a veces sobre ella.

Goyita estaba segura de que aquello que la perseguía no era Julieta, porque esa angustia sólo encontraba calma cuando iba con Mamá Poncha a dejarle flores al panteón. Seguramente su mamá sí la cuidaba de lejos, como decía Papá Chaía, seguramente era uno de esos fantasmas que deciden no aparecer.

⋆ ⋆ ⋆

Cuando Valentín cayó enfermo, Goyita entendió que una maldición tenía condenada a su familia. Para entonces Gustavo Pineda Carlos, el menor de los hijos de Poncha y Chaía, el chunco, el favorito, el que había dormido con Mamá Poncha hasta los cinco años y el único que no había trabajado en el campo con Papá Chaía porque ya no hubo necesidad, había muerto de una septicemia generalizada por una amalgama mal puesta en una desafortunadísima visita al dentista.

Mamá Poncha tenía la creencia grabada en concreto de que el destino de Tavito era importante porque había sobrevivido a un parto larguísimo y tortuoso que se resolvió, por fin, tras dos días de dolores, con la milagrosa voltereta que dio de último minuto para no morir de nalgas en el vientre cansado de su madre.

—¡Mira qué fin fue a encontrar ese pobre! ¡Por una muela podrida! ¡Es culpa de este hombre diantre, Poncha! Te dije que no te casaras con él. ¡La sirena te va a matar a todos tus hijos! —gritó la bisabuela Antolina cuando se apersonó en el Cuarto Grande, donde estaban velando al más chico de los hermanos Pineda Carlos.

Como nunca la había visto Goyita, Mamá Poncha lloraba con dolor verdadero, de ese con peso de plomo, del que agujera el alma. Ahora sí sus ojos estaban rojos e hinchados de tanta lágrima que había salido desde que Valentín le avisó por teléfono, en una de las cabinas de Juan Preto, el señor que regenteaba el teléfono en Reforma de Pineda, que Tavito estaba hospitalizado y que no creían que se fuera a salvar.

Nadie le explicó y Goyita no preguntó de qué se trataba el dicho de la sirena que Abuelita Antolina había gritado en pleno rezo. Le parecía natural que esa viejita, tan despeinada, menuda y arrugada gritara sin vergüenza cuanta locura le pasara por la cabeza.

Pero, de nueva cuenta, el argüende del mercado le fue metiendo dudas con la información a cuenta gotas que escuchaba de los susurros de las matronas brazudas y espaldonas que vendían ahí.

"La sirena no va a descansar hasta que tenga de rodillas a Chaía", dijo una. "Estás loca, tú, eso de la sirena es puro chisme", dijo otra. "Mi mamá estuvo ahí. Ella vio cómo Tío Chaía dilató flotando hasta que el mar se lo tragó", dijo una más.

Sus abuelos ya no hablaban frente a ella, se guardaban sus conversaciones para la cocina, mientras la mandaban por tortillas o refresco. Los domingos, Mamá Poncha caminaba callada rumbo al panteón y abría la boca sólo para rezarle, sobre todo, a la tumba de Tavito. Había silencio.

Entonces, Valentín llegó un día al pueblo, flaco y encogido, con la piel gris, los ojos hundidos, el pelo encanecido y los pómulos saltados.

—Se me llenó de cáncer la barriga, mamá. Me dieron tres meses. Mis hijas ya saben y están con Dios.

—Tu papá vio a Reydavid anoche, pero ese diantre no le dijo que eras tú, mijo. Malrrayo nos parta. ¿Qué vamos a hacer sin ti?

—Yo sólo quiero cumplir mi condena e irme tranquilo a estar con mi mujer. Si con esto pago, estoy con Dios.

* * *

Hasta la fecha, Goyita no les perdona a sus abuelos no haberle advertido, desde el primer día, que tuvo la mala suerte de nacer en esa familia maldita. Debieron haberla sentado, sin importarles su luto, como rito de iniciación, como bienvenida a la edad adulta, como bienvenida al infierno, para explicarle muy seriamente, con la mirada bien fija en sus ojos, con el ceño fruncido, con la voz grave y seca, por qué su madre se había muerto, por qué una neblina espesa le iba a ennegrecer los sueños, por qué se le iba a pudrir el alma en unos años más, para así poder resignarse al dolor, para aceptar el destino, para de una vez matarse.

A ella nadie le dijo nada que le sirviera para prevenir la catástrofe o por lo menos para esperar el chingadazo, como decía Papá Chaía.

Ella se fue enterando poco a poco, ya con Julieta convertida en un fantasma que se rehusaba a aparecer para jalarle los pies en las noches, para abrazarla cuando le agarraba la tristeza todas las tardes y sus sollozos se confundían con el trinar de los pájaros que volvían a los árboles porque la luz de esa parte del mundo se apagaba, cuando con la oscuridad su pecho se llenaba de aire o de vacío, de algo hueco que no la dejaba respirar.

Un piquete, un escalofrío, un susurro helado y muerte tras muerte le fueron advirtiendo de su destino. Su árbol genealógico estaba podrido y de rama en rama caída se fue dando cuenta de que había que cortarlo y, de una vez, quemar donde hubo raíz.

★ ★ ★

A diferencia de Papá Chaía, al que no queriendo se le asomaba en la risa y en el rostro coqueto el frenesí de un hombre que se había hecho a golpes, en la dureza de Valentín se dejaba ver un gesto dulce, una calidez rugosa pero avasalladora que daba gusto sentir.

Valentín tenía la cara de su Papá Chaía, pero una mirada propia, una profunda y protectora que no había heredado de ningún Pineda y de ningún Carlos conocido. Sólo Mamá Goya había sabido que aquello era mentira, porque el primero de sus nietos miraba como Felipe, el marido que le mataron cuando ella tenía unos cuantos meses de embarazo. Nunca le dijo a nadie que el cariño especial que sentía por Valentín se debía a que él le recordaba a aquel guacho con el que no vivió ni el año de matrimonio pero que amó hasta su último día de vida.

Aunque los pocos vivos que llegaron a conocer a Felipe decían que Chaía era igualito a su padre, Mamá Goya había visto en su hijo pura desdicha, el dolor de quedarse viuda tan chiquilla, sin siquiera haber alcanzado a tener una casa propia para encerrarse y vivir su luto con dignidad. Valentín había representado la posibilidad de ver algo de su marido sin retorcerse de dolor, sin sentir una bola de aire en el pecho.

Por eso Chaía, cuando abrazó a su hijo envejecido y enfermo, agradeció que Mamá Goya ya llevara muerta muchos años, para ahorrarse el sufrimiento de ver a su nieto favorito, al que le recordaba a su Felipe, quebrarse como rama seca carcomida por parásitos.

⋆ ⋆ ⋆

Al día siguiente de la llegada de Valentín a Reforma de Pineda, Papá Chaía cambió los harapos de trabajo por una guayabera limpia, se puso el sombrero y salió temprano de la casa.

Regresó poco antes de las seis de la tarde con un señor descalzo, al que le colgaba del pecho un rosario grueso de palma y ajos.

Por los gritos de Marcela, la mayor de las hijas de Valentín, Goyita se enteró de que ese hombre era un brujo que Papá Chaía había traído de Tapanatepec para curar a su hijo.

—¡Le va a condenar el alma a mi papá! ¡Déjelo morir en paz! ¡Es la voluntad de Dios!

—Aquí nadie se muere en paz, Marcela. Esta maldición ya se llevó entre las patas a dos de mis hijos.

Valentín no llegó a los tres meses que le habían pronosticado. Dos semanas después de su llegada a Reforma de Pineda, Mamá Poncha no pudo despertarlo de una siesta que tomó en la hamaca que daba al árbol de tamarindo.

—¡¿Que voy a ver morir a todos mis hijos?! —gritó la abuela—. ¡Malrrayo te parta, Chaía! ¡Cómo no te moriste tú ese día en el mar!

* * *

En efecto, Mamá Poncha los vio morir a todos, como vaticinaba ese mal presentimiento que, desde la muerte de Julieta, se le había metido masudo atrás de los senos que le colgaban libres bajo el huipil y la dejaba sin aliento y con un nudo en el cogote, sobre todo en la mañana, cuando todavía no clareaba y no podía pasarse la cemita por más que la remojara en el café.

Entonces la abuela, que no era prudente pero sí brava, tiraba el resto del café al patio de tierra, le aventaba el pedazo de pan al chucho, se iba a llorarle a las gallinas mientras les daba de comer y luego les robaba sus huevos para preparar el desayuno de Goyita.

—¡Tía Poncha, tiene llamada! ¡Dicen que es urgente! —jadeó Cirilo, el mandadero de Juan Preto, uno de esos días que Mamá Poncha intentó sacarse la angustia del corazón distrayéndose con los huevos revueltos de Goyita.

Habían pasado once meses de la muerte de Valentín y casi dos años de la de Julieta. A Mamá Poncha y a Papá Chaía todavía les quedaban vivos tres hijos, aunque a Alfonsino, como a Valentín, ya lo habían desahuciado, pero a él por cirrosis, y, como Valentín, estaba nomás esperando la muerte en su casa.

Un pinchazo en la chichi izquierda, tan cerca como se pudo del corazón, le adelantó que se trataba de una muerte, seguramente la de Alfonsino que llevaba enfermito varios meses.

—¿Quién es, mijo? ¿De la ciudad? ¿Uno de mis hijos? —Se limpió la manteca de las manos con el refajo que usaba para dormir.

—Parece que sí. Don Juan Preto nomás me dijo que corriera. En quince minutos vuelven a llamar, Tía Poncha. Apúrele.

Mamá Poncha corrió al cuarto grande, donde Goyita se alistaba para la escuela frente a la imagen fantasmal que reflejaba el espejo oxidado del ropero, se puso las enaguas del día anterior, se agarró el pelo cenizo con una peineta y salió de la casa, con la determinación maciza que sólo se logra después de tallar a mano tanto calzón chorreado, tanta camisa tiesa de sudor seco.

Tuvieron que levantarla entre cuatro, porque fue tanto el pasmo, que Mamá Poncha cayó como roble podrido después de que Fidela le informara de la nueva tragedia, al otro lado de la línea, en Coatzacoalcos, donde vivía desde que se casó.

—Mamá, no se vaya a enfermar, yo sé que es mucha la impresión, pero tiene que ser fuerte.

—Fuerte ya soy, Fidela, déjate de pendejadas. ¿Ya murió Alfonsino?

—No, mamá. Es Romana. Un caballo le pateó la cabeza, mamá. Murió ahí mismo. Ya la vamos a llevar con usted para que se despida de su hija y le dé santa sepultura.

A diferencia de Julieta, que con su cara cachetona y sus cejones poblados le recordaba el dolor hondísimo de saber a Chaía en el catre de aquella querida inmunda, Romana era su favorita, su orgullo, su preciosita, la niña que tanto quería, la muñequita con ojos y boca que nunca tuvo porque siempre le tocó jugar —lo poquito que jugó antes de ponerse a hacer totopo y venderlo de puerta en puerta, antes de limpiarles la cola a todas sus hermanitas, tan feas, antes de dejarse robar por Chaía y empezar a parir—con muñecas de zacate a las que había que imaginarles todo. Una de esas muñequitas, pero ajuareada con un pedazo de trapo blanco que simulaba un vestido, le regaló a Romana cuando cumplió dos años.

Su gorda, la más querida, cómo había ido a morir así, tan feo, enfrente de tanto borracho, tan sin honor. Su preciosita que a los cinco años ya había aprendido a hacer tortillas, que no lloriqueaba nunca por los jalones de pelo cada que Poncha la trenzaba, que era su orgullo porque vendía como nadie todo el pozol, así estuviera tibio, que se había casado bien, sin que se la robaran, con un hombre de porvenir, y que además no había salido con la pendejada de separarse.

Sus otras dos hijas habían sido para ella puro desperdicio, una decepción profunda que, en el caso de Julieta, había empezado desde que se embarazó de ella y del otro chamaquito que nació muerto, para su bendición.

Apenas se le cortó la sangre y comenzó con los vómitos, Chaía se enredó con aquella cantinera espaldona con cuerpo de luchador. Cándida se llamaba, pero como se creía artista, les pedía a todos que le dijeran Candy.

La mamá de la tal Candy la había vendido a un señor de Niltepec cuando ella tenía trece años. Cinco años después, Candy regresó a Reforma de Pineda viuda y con una modesta herencia que usó para abrir una cantinita adelante del ferrocarril.

Chaía, que en ese tiempo ya era presidente del Ejido, no tardó en mirarla. La noche del 15 de septiembre de 1958, después de que tronaran los cuetes en la cancha detrás del Palacio Municipal, terminó en aquella cantina donde Candy atendía las dos mesas a la intemperie en el patio de la casita de una pieza que había comprado, y donde estaba su catre y la rocola de la que sonaba "Alta y delgadita" de Antonio Aguilar.

Candy no era ni alta ni delgadita, pero Chaía interpretó la canción como una señal del destino. Se paró de la silla y le rodeó con sus brazos aquella timba pronunciada que Candy tenía en lugar de la cinturita de la que la canción alardeaba. A partir de esa noche, Chaía no dejó de visitar la cantina de Candy, y como de todos modos Poncha atrancaba la puerta del Cuarto Grande, que todavía era el único cuarto de la que luego sería la consecución de habitaciones huecas que llamarían casa, poco importaba si Chaía llegaba o no a dormir a la hamaca del corredor.

Todo el pueblo sabía que Cándida era la querida oficial de Chaía y hasta se rumoraba que, como ya había dilatado aquel encuentro pecaminoso, ahora sí iba a dejar a la pobre de Poncha con los dos chamaquitos que ya tenían, Valentín y Romana, y el que estaba por parir. Pero tan pronto los dolores de parto empezaron y la partera se dio cuenta de que venían dos bebés, Chaía se fue con todo y yunta, enloquecido por una emoción maniática, a la cantinita de Candy para decirle que ya no iba a verla más porque su mujer iba a tener cuatitos. Cosa que, como muchas otras promesas, terminaría incumpliendo, porque serían amantes hasta la muerte de ella.

Mientras Candy le soltaba gritos y porrazos a Chaía, Poncha empujaba sus entrañas entre alaridos que eran más de odio que de dolor. Esos niños que le estaban saliendo del vientre le causaban tanto repudio como un perro con sarna. Por eso cuando la partera sacó al primer bebé de los adentros de Poncha y gritó un "¡Ave-María-Purísima-Patrón-Santiago este niño está muerto!", la abuela, que en ese entonces no pasaba de los treinta y dos años, echó para atrás su cabeza, apretó los ojos de los que se escurrieron muchas lágrimas y sonrió de felicidad con la esperanza de que el niño que faltaba también viniera muerto.

Entonces las contracciones volvieron y con ellas aquel odio que se desbordaba como río crecido, y salió una niña arrugadita y embarrada de líquido amniótico y sangre a la que aborreció tanto más después de que pegó su primer chillido fuerte y luminoso como un tronido en el cielo.

Chaía apareció al poco rato, con un pulso de oro apretado en el puño como regalo para Poncha que ni en su boda había visto un ornamento tan bonito, ya no digamos de oro. Antolina, que le tenía prometido a cada una de sus hijas un par de aretes como regalo de bodas, le había retirado el privilegio a Poncha por casarse con ese hijo del malagüero de Chaía que estaba embrujado, seguramente, desde que se hizo carne en el vientre de la guicha de Goya.

—El niño nació muerto. Llévalo de una vez a enterrar antes de que se apeste —le dijo Poncha con la cara volteada y los ojos cerrados.

La partera le alcanzó a Julieta recién nacida que, apenas cayó en los brazos de Poncha, comenzó a llorar como si supiera que de su madre no iba a recibir más que insultos y golpes hasta que se fuera de Reforma de Pineda a los diecisiete años.

Chaía las observó como si estuviera viendo un par de fantasmas, tomó el diminuto cuerpo de su hijo muerto y se perdió en el monte por tres semanas.

Cuando Mamá Poncha recobró el sentido después de la impresión de enterarse de la muerte de su gorda adorada Romana, encontró la cara retorcida de angustia de Goyita y masculló un "cómo no fuiste tú" que Goyita entendió como un "come turrón" que no supo descifrar.

⋆ ⋆ ⋆

Fidela, la cuarta de los Pineda Carlos, murió siete meses después ahogada con un cuerito de bistec en un puesto callejero, afuera de las oficinas de gobierno en las que trabajaba haciendo limpieza. Su amiga Concha, que en ese momento masticaba un pedazo de torta de milanesa, le dijo al marido de Fidela que, si no hubiera sido por la angustia de los últimos minutos de vida, por la certeza ominosa de tener de frente a la muerte, se habría ido muy contenta, porque andaban risa y risa platicando de la vez que Ignacio, el único amor que Fidela había tenido desde que lo vio por primera vez en la escuela de Reforma de Pineda, a los ocho años, le llevó serenata con una guitarrita destartalada, y Mamá Poncha lo correteó con una barra nueva de Jabón Zote en la mano que le dio justo en la pantorrilla derecha.

Mamá Poncha, para entonces inmutada, se dedicó a rezar como autómata, ya sin los gritos que evidenciaran el desconsuelo de perder a otro hijo, aunque adentro, en su pecho, en la cavidad que forman los huesos del esternón, un remolino salvaje se había instalado en lugar de los pulmones y el corazón, un remolino con voz de hombre que le decía que mejor se matara en cuanto Alfonsino muriera. Pero le quedaba la chamaquita que se le acurrucaba como perro enfermo, y que como perro enfermo nomás no embarnecía aunque pasaran los años.

Goyita, en todo ese tiempo, se dedicó a observar cómo Mamá Poncha se iba encorvando mientras se le botaba, como balón desinflado, la barriga, y Papá Chaía se inundaba de cerveza que se le desbordaba en la hamaca en forma de orines todas las madrugadas sin que se diera cuenta de que acababa de miarse como niño chiquito.

Entonces llegó la muerte que faltaba.

—Chaía, mañana le toca a Alfonsino —dijo Reydavid la noche que se apareció arrastrando una carretilla con un venado muerto—. Les traje un regalo para la tristeza.

Papá Chaía saltó de la hamaca y metió el pie en el charquito de orines que otra vez había dejado en el piso.

—¿Que te está arrastrando la tristeza, pues? Si ya sabías que tenías que pagar, ¿para qué te atreviste a tener tanto hijo? Te lo dije.

En esa ocasión Reydavid se quedó en el patio y, ante la mirada aturdida de Chaía, se hizo humo en el negro apretado de la noche.

En la mañana, Mamá Poncha recibió el recado de Cirilo: Juana, la esposa de Alfonsino, había llamado para avisar que su marido ya había muerto, pero que ni creyera Doña Alfonsa, y así le pidió a Juan Preto que le dijera y Juan Preto se lo repitió a Cirilo, que lo iban a enterrar en ese pueblo, que ni para bicicletas les alcanzaba.

Goyita escuchó el quejido de su abuela y corrió a sostenerla con su cuerpo flacucho, al que no se le notaban los quince años que ya tenía y que había cumplido sin fiesta ni vestido ni chambelán porque en el pueblo ya no cabía duda de que los Pineda Carlos estaban malditos y nadie quería hablarle a esa adolescente maldita. A Poncha ya se le había hecho costumbre hacerse de hule cada que tenía una impresión fuerte.

—Tía Juana, por favor, mis abuelos necesitan enterrar a su último hijo aquí. No les cause este dolor. Papá Chaía se comprometió a pagar todos los gastos del traslado y el entierro. Ya vendió una vaca y yo puedo mandarle un giro a donde me diga —le rogó la adolescente por teléfono con ese tono de voz ronco y marchito que le había quedado después del entierro de su madre.

El cuerpo verdoso de Alfonsino llegó dos días después. La voz de Pedro Infante cantando "Dios nunca muere" se desparramó suavemente entre las casas de Reforma de Pineda como el primer calor de la mañana. Los pocos que llegaron al velorio no tardaron en salir huyendo de esa casa en la que, se decía, la mala hora ya había infestado como nido de cucarachas. Nadie probó el estofado de venado, porque se rumoraba que lo habían matado en plena mala hora.

Frente a la tumba del último de los hermanos de su madre, Goyita, que, aunque tenía la mitad de los genes de quién sabe qué hombre, ya se había convertido en hija de Alfonsa e Isaías, que se apellidaba como los otros condenados —Pineda Carlos—, supo que, algún día, también se iba a morir de maldición.

3

Al doblar en el crucero de Reforma de Pineda se oye un tronido seco que me despierta. El autobús se tambalea hasta que logra pararse a la orilla del camino. La humadera que sale del cofre confirma que no va a llegar a Ixhuatán, su destino final.

Estamos varados a un kilómetro de la entrada al pueblo y decido aventármelo arrastrando la maleta con una mano y con la otra cargando la jaula de Canuto, que comienza a salir del sopor del sedante.

No he pisado el pueblo en más de diez años. Reforma de Pineda se ha resecado, como mis abuelos, bajo ese sol inclemente que me quema la cabeza con su poder del mediodía. Sus casas, la mitad abandonadas, la mitad habitadas por ancianos en espera de la muerte, lucen fachadas descarapeladas, con grietas como arrugas profundas y que huelen a viejo, a decrepitud.

¿A este lugar vine a morir?, pienso mientras camino las cinco calles que separan la plaza central del Cuarto Grande. Canuto, completamente despierto, maúlla achicharrado en el infierno de plástico que es su jaula y yo me arrepiento de haberlo traído a este calor hirviente, a este pueblo a punto de evaporarse.

Al entrar a la casa, encuentro a Mamá Poncha cortando jazmines del arbusto que nos va a sobrevivir a los Pineda Carlos, porque sólo las plantas se van a librar de la maldición de la sangre aunque habiten esta casa maldita que alojó los cuerpos sin vida de todos los hijos de mis abuelos.

—Mamá Poncha, volví.

—¡Mimadre! ¿A qué volviste, chunca? Yo ya no te puedo cuidar.

Han pasado diecisiete años desde que, siguiendo los pasos de Julieta, huí de Reforma de Pineda. Más que de la maldición de los Pineda Carlos —que me acompañó como una vocecita discreta que me gritaba fuerte durante algunas madrugadas—, del rechazo, de vivir en un pueblo en donde todos me veían como si yo misma fuera el diablo.

—Ahora yo la voy a cuidar a usted, Mamá Poncha, si la muerte no me gana.

—Mi chunca, mejor te fueras, aquí ya no hay nada.

—Están ustedes.

—Como si no.

Mi abuela de noventa años, que en otros tiempos me habría ofrecido comida y refresco, se voltea y me deja ver una jorobita redonda donde alguna vez estuvo una espalda fuerte que sostuvo el peso de los seis hijos que enterró.

—Acompáñame al panteón, voy a dejarles flores a todos los muertitos que andan muy traviesos. Han estado visitando a tu Papá Chaía.

—¿Mi mamá?

—Esa guicha no se aparece ni aunque le pase la escoba y el trapo a su tumba.

Lo cierto es que mi abuela tampoco ha visto a ningún otro de sus hijos muertos. El único que ha tenido el privilegio de convivir con las presencias en pena de los Pineda Carlos ha sido mi abuelo. Ni yo misma, en todos los años que pasé esquivando los malagüeros, vi con mis propios ojos un aparecido de rostro conocido. Sólo he sentido, a través de este miedo que me hormiguea en los dedos, que me punza en las sienes, que me asfixia como caramelo trabado en la garganta, que están ahí, tratando de jalarme hacia ese lugar horrible y oscuro donde seguramente están desesperados como insomnes agotados, muriendo eternamente de sueño.

En cuanto le abro la jaula, Canuto huye al rincón bajo el altar del cuartito interior del Cuarto Grande. Como el resto de los pocos muebles que quedan en pie, está cubierto de polvo. Los vasos chamuscados con veladoras consumidas parecen mirarme con el reclamo del abandono. La casa se ha convertido en ruina junto a mi abuela.

—Apúrate, mimadre. Quiero regresar antes que tu Papá Chaía. —La viejita enjuta se pone una chalina amarillenta sobre la cabeza.

—Mamá Poncha, no quiero tocar tierra de panteón sin antes hacerme un limpia. Algo está pasando. Me están persiguiendo, no me dejan dormir, no me dejan pensar. Lléveme con aquella curandera que curó a Papá Chaía cuando lo pateó el toro.

—Mimadre, Tía Dorotea murió hace mucho, y si lo que te persigue es ese diantre que mató a tu mamá y se llevó a todos mis hijos, ya no se puede hacer nada. Mejor te hubieras quedado en tu casa. ¿Qué voy a hacer yo si te me mueres aquí?

—Quemarme aunque sea en el monte de basura. No me vaya a enterrar junto a sus hijos. No quiero andar espantando gente.

—Bueno pues. Vamos al panteón y yo te paso unas ramas con alcohol alcanforado.

No logro descifrar si en la mirada compasiva de mi abuela hay amor o sólo un reflejo de lástima y cansancio, pero su gesto me abraza como hace años me abrazaron sus enaguas, y el miedo se esconde al lado de Canuto, en ese rincón polvoso bajo las ruinas del Cuarto Grande, por lo menos en lo que vamos al panteón.

* * *

La tierra de panteón luce tan ordinaria como la tierra de las calles de Reforma de Pineda que nunca fueron pavimentadas. No tiene, más que las tumbas sembradas como minas, una característica especial que la distinga del resto del pueblo: un color más oscuro, un olor a podrido, un rastro de humedad, un grito ahogado.

Frente a la cripta familiar le pregunto en silencio a Julieta si ella me recibirá en el más allá cuando la maldición me atrape. El fantasma de mi madre es mudo. No escucho respuesta entre el trinar de los zanates y los rezos de Mamá Poncha que le pide a mi bisabuela Antolina que cuide a sus hijos, sobre todo a Romana, su gorda preciosita que nada le debía a la vida.

De la tumba de mi mamá me guardo un poco de tierra en el pantalón. *Ya me protegerás aunque sea con la tierra que te cubre*, pienso. Apenas me meto la mano en la bolsa, la roncha morada vuelve a su rutina ardiente. Esa mancha dura se ha convertido en la alarma de mi sufrimiento, una chicharra que suena con escándalo ensordecedor cada que ese peligro inminente pero aún invisible se acerca: mi destino entre llamas incandescentes o en las sombras o bajo el sol eterno de Reforma de Pineda. Desconozco todavía cómo será mi infierno.

—¿Qué te pasa, Goyita?

—Necesito que me curen, Mamá Poncha. —Me levanto la playera sudada y le muestro la roncha que ya me invadió parte del pecho—. Necesito que aunque sea me curen esto que ya se me está pudriendo.

Mi abuela, encogida como un duende en enaguas, examina la protuberancia rugosa y colorada que descubro por primera vez ante Reforma de Pineda, como si la presentara en sociedad. Se la presento a los muertos enterrados en la cripta de los Pineda Carlos. Se la presento a los muertos del panteón de ese pueblo que se está convirtiendo en cadáver. Se la presento a Julieta que, me imagino, me está viendo callada y afligida entre las tumbas de Valentín y Tavito. Me la presento a mí como evidencia contundente de la maldición. Hasta que recuerdo que en la maleta cargo con cajas de antidepresivos y ansiolíticos.

—Échale alcohol con alcanfor y sábila. Te voy a llevar con una señora de Zanatepec que curó de las canías a Roberta, la esposa de Tío Dámaso.

—¿Qué le pasó a Tía Roberta?

—La querida la trabajó y la pobre ya ni caminar podía.

—Qué horror. En esta tierra nadie se libra de la maldad.

—Sí, mimadre, y si no es gente maleada es el encanto, como la sirena con tu Papá Chaía. Aquí todos estamos condenados.

⋆ ⋆ ⋆

De vuelta en el Cuarto Grande, encuentro a Canuto sobre la cama polvosa que solía ser mi refugio hace veinte años.

Aún en guardia, me lanza un maullido corto que me calma por unos segundos. Veo en su mirada una chispa de conciencia fugaz, que desaparece cuando lo distrae el ruido de la chinaca que habita las tejas del techo de la casa de mis abuelos.

Me dejo caer sobre la cama y lo abrazo como si fuera la roca de la que me sostengo para que no me lleve este río rabioso. Canuto, además de cargar con su vejez de once años, arrastra el peso de la responsabilidad de mantenerme a flote en las aguas de la maldición.

Ahora, encima de mi pecho, me vuelve a mirar como si quisiera decirme algo. Esta vez, su gesto lúcido me convulsiona el hueco que traigo entre la panza y el pecho desde Larga Distancia. Me asusta, me recuerda al cadejo. Una marea espumosa me sube desde el vientre. Es miedo combinado con vómito que lanzo, en un salto desde las entrañas, al patio reseco de la casa de Mamá Poncha y Papá Chaía.

Canuto corre asustado por el corredor. Lo veo pasar de largo el árbol de tamarindo, lo veo correr debajo de la carreta que Papá Chaía dejó a medio construir, lo veo llegar a la casa de Elihú Mendoza, lo veo desaparecer.

—¡Canuto! —grito mientras corro en dirección al lugar donde ya no lo veo. Canuto está perdido, y con él, el último reducto de cariño que me quedaba dentro de este cascarón con pus. La angustia me devora. Me rasco la roncha. Me saco sangre.

⋆ ⋆ ⋆

¿A dónde huyes cuando de lo que quieres correr es de ti, Miranda?

—¿Sigues ahí, Gregoria? —interrumpe el silencio con su vocecita infantil que ahora suena alterada—. Puedes hablarme por teléfono cuantas veces quieras, pero preferiría que volvieras a la ciudad para retomar tu terapia. Estás instalada en el trastorno y necesitamos trabajar para que salgas de ahí. ¿Suspendiste los medicamentos?

No hay lugar a donde pueda escapar si lo que me persigue está adentro, ¿verdad, Miranda?

—Canuto se perdió. Nadie ha visto nada. Desde que llegué, no he visto a mi abuelo. Dicen que lleva en el campo semanas hablando con sus muertos. Mi abuela está como ida, se la pasa hablándoles a sus plantas. Apenas come, no se baña, no limpia nada. La casa está en ruinas. Me quiero ir, pero no sé a dónde. En todos lados siento que me muero. Me estoy volviendo loca —pego un grito agudo y golpeo la cabeza contra el teléfono.

—Lo primero que debes hacer es tomar el clonazepam que te receté y luego volver a la ciudad. Voy a hacer lo posible para que cuando llegues te pueda internar. Necesitas regresar.

—No puedo. Aquí está mi mamá.

—Tu mamá está muerta, Gregoria. Contrasta tus creencias con la realidad. Tu mamá lleva años muerta.

—Ya sé que está muerta, pero ella sigue aquí. Miranda, no te lo había dicho porque no quería que pensaras que estoy loca, pero me persigue una maldición. Necesito estar con mi mamá, tal vez ella me pueda salvar.

—Gregoria, ¿estás escuchando o viendo cosas? Nada de eso es real, es tu mente en un estado alterado. Estás teniendo un episodio psicótico. Tienes que volver y dejarte tratar.

—No me puedo ir, Miranda. Ya no tengo a nadie. Canuto se perdió. Nadie ha visto nada. Canuto era todo lo que me quedaba. Me vine a enterrar en un infierno.

Mi llanto moja el auricular del teléfono de René Preto, el hijo de Juan Preto que heredó el negocio de las cabinas telefónicas cuando su papá murió de un ataque al corazón. Miranda guarda silencio nuevamente y logro percibir mis gemidos que se escuchan ajenos, como si una tercera al teléfono interrumpiera nuestra llamada con su llanto desesperado.

—Me quiero ir, Miranda, pero no sé a dónde. Me quiero ir de mí.

—Gregoria, ¿has tenido pensamientos suicidas?

—Morirme no serviría de nada. Nadie recuerda su propia muerte, sería como si nunca me hubiera muerto.

★ ★ ★

Cuando Papá Chaía regresa, me encuentra fundida en su hamaca en una calma amodorrada. Las gotas de clonazepam han adormilado el miedo, aunque lo siento muy vivo en las entrañas, respirando hondo en un sueño profundo del que pronto despertará echando fuego, en cuanto pase el efecto del ansiolítico que me recetó Miranda.

—¿Ya viniste, mija? Te veo muy desmejorada.

—Ya vine, Papá Chaía, a morirme junto con el resto de los muertos. ¿Qué le ha dicho Reydavid?

—Que asegún ya pagué mi deuda, pero que la sirena debe andar encaprichada y por eso tanta cizaña contigo.

—¿Entonces no me voy a morir?

—No lo sé, mi chunca, pero desde aquí te puedo ver mejor.

Mi abuelo viste unos harapos raídos que apestan a sudor, orines y cerveza. La barba canosa y enredada le llega hasta el pecho. Las uñas de los pies, crecidas, encorvadas y llenas de tierra, parecen garras de un ser diabólico. Lo miro completo y me parece un animal mitológico, de esos que llenan sus historias de espantos. Papá Chaía es su propio espectro del mundo del encanto.

Saca un par de caguamas de su morral y se bebe la mitad de una en un solo trago.

—¿Ya comió? Le puedo preparar unos huevos —le pregunto con la lengua enredada.

—Maté un conejo en el monte, mija. ¿Y tu Mamá Poncha?

—En el panteón.

—Esa pobre viejita está con la terquedad de hablarles a sus hijos muertos, pero ellos sólo me hablan a mí.

—¿Ya me va a contar qué le han dicho los muertos? ¿Ya me va a decir cómo me puedo salvar? —Me cuesta trabajo mantener los ojos lo suficientemente abiertos para parecer despierta.

—Mañana nos vamos a Zanatepec a buscar curación para ti. Si con la muerte de todos mis hijos se pagó la deuda, mi nieta no debe padecer. Mañana. Hoy tómate esta cerveza conmigo, traes cara de apendejada.

Me levanto de su hamaca y dejo que el viejo se recueste con todo y la ropa sucia que ha traído puesta desde que se fue al monte a ver lo que otros no pueden ver y hablar con gente invisible que nadie más puede escuchar.

Le doy cinco tragos largos a la caguama hasta que me doy cuenta, con la vista borrosa, que yo también me bebí casi inmediatamente la mitad de la botella de cerveza. Me acuesto en el corredor, sin importarme las hormigas que siguen su ruta en fila hacia quién sabe a dónde. Cierro los ojos y me dejo ir en el sueño fresco del piso de cemento, con la tranquilidad de no sentir, en ese momento, a la muerte sobre mí.

★ ★ ★

De la modesta parada del autobús de Zanatepec, sobre la carretera, no hace falta caminar mucho para llegar a la casa del brujo Leobardo y su esposa, la curandera Felicidad. Su casita, a las orillas de una barranca, reposa frente a un paisaje de verde explosivo con árboles frondosos de mango y matas de mariguana. Ahí, en ese rincón selvático a las afueras de Zanatepec, es donde intento salvarme de la maldición de los Pineda Carlos.

Rosaura, la hija mayor de Leobardo y Felicidad, nos informa que su papá se fue a Tuxtla Gutiérrez a hacer una curación mayor, de alguien muy importante y con mucho dinero, un pollero, dice, al que le ha ido mal últimamente porque lo traen "trabajado". Su mamá me puede atender. Tiene otros "dones", distintos a los de su papá, pero es igual de efectiva.

Antes de que pueda terminarme las empanadas de carne con col que Rosaura nos sirvió como bienvenida, una niña alta y huesuda aparece frente a nosotros y nos dice que su abuela nos quiere ver.

Papá Chaía se embarra los restos de empanada en la guayabera limpia que se puso después de tantos días de vestir los mismos harapos hediondos. El viejo batalla para levantarse y me pone su mano deformada por la artritis sobre el brazo para sostener su cuerpo contraído y arrugado, incapaz de seguir construyendo yuntas y carretas.

—Alabado sea el Señor —dice Felicidad, sin voltear a vernos, cuando entramos a su cuarto de trabajo—. ¿Esta es su nieta, Don Chaía? ¿Por qué no me la trajo antes? Siento hasta acá toda la porquería que esta pobre mujer carga.

—Porque la necia quería ir al doctor para que la curaran de un mal que no es de este mundo.

—Mira, madre —me dice, aún sin mirarme, pero con mi mano entre las suyas—, si lo que quieres es curarte y vivir, vas a dejar que yo haga mi trabajo, vas a dejar esas pendejadas del doctor y te vas a encomendar a Dios y a todos los seres que trabajan para él.

El manojo de hierbas mojadas en loción que Felicidad me azota contra la cabeza y los brazos me despierta del letargo en el que el clonazepam me mantiene.

—Señor Todo Poderoso, seres del mundo que no se ve —me ramea enérgicamente con ruda y albahaca—, almas guardianas de la tierra de los invisibles, Patrón Santiago, Santiaguito a caballo, Virgencita de Juquila, desentierren el conjuro y purifiquen a… ¿cómo te llamas, madre?

—Gregoria Pineda Carlos.

—Purifiquen a Gregoria Pineda Carlos. Que el mal salga de ella y no la pueda tocar ni pasada su muerte. —Da un trago a un botella de cristal y escupe directo a mi cara un buche de mezcal—. Mira, madre —señala una copa llena de agua—, yo aquí veo que un mal que no es para ti te está comiendo de adentro para afuera desde hace mucho tiempo. Ya debes tener las tripas muy enfermas porque, no te asustes, madre, pero ya estás en las últimas.

—¿Qué se puede hacer, Doña Felicidad? ¿Va a salir caro? —pregunta mi abuelo, limpiándose el sudor de la cara con un paliacate sucio.

—Pues está muy complicado, Don Chaía. Primero se tiene que hacer la curación en varias sesiones de rameada con loción especial, y ya ve que esa sale muy cara. También los seres tienen que hacer visitas especiales, cuando la muchacha esté dormida, para que trabajen mero en ella. Todos los días, lo que dure la curación, le tienen que pasar un huevo, dos chiles y una cebolla morada por todo el cuerpo, pero no me vayan a tirar nada, todo eso lo vamos a ir a enterrar al panteón, junto a sus otros muertitos, para que el demandante se dé por bien servido.

—¿Cómo que el demandante se dé por bien servido? —Me limpio el mezcal lleno de babas de Felicidad con el paliacate sucio de mi abuelo.

—Para que el que echó el mal crea que ya estás muerta, madre. Este trabajo no para hasta que te mueres o hasta que se muera el que querían castigar. —Voltea a ver a mi abuelo con mirada retadora—. Voy a hacer consulta con los seres para que me digan cómo va a ser tu protección y cuánto va a costar todo, pero de entrada échenle unos veinte mil porque es trabajo pesado y, yo creo, hasta Leobardo va a tener que ayudar. No es cualquier cosa, madre.

—¿Puedo seguir tomando los medicamentos que me recetó la doctora? Son para la cabeza.

—¿Aspirinas?

—No. Medicamentos más fuertes para no sentirme intranquila y poder dormir.

—Tómatelos, madre, si te calma la aflicción, pero de nada van a servir si no te quitamos el mal. ¿Para qué quieres estar con sueño, pero bien muerta? ¿No quieres eso, verdad, madre? —Me pasa ambas manos por el pelo grasoso que no me he lavado en días—. Encomiéndate a Dios y a los seres y primero Dios te sacamos de esta. También se va a necesitar que te des baños diarios de agua de ruda, albahaca, ajos y gardenias. Y a usted, Don Chaía, yo creo que también lo tenemos que hacer pasar por muerto, pero eso lo ve con Leobardo.

—¿Y si no se puede y de todos modos me muero? No quiero andar penando, como dice mi abuelo que anda toda mi familia.

—Vamos a rezarle mucho a Jesucristo y al Patrón Santiago para que se apiaden de sus almas.

No sé si es el clonazepam o el antidepresivo que Miranda advirtió haría efecto hasta semanas después de empezar a tomarlo, o la primera limpia que Felicidad me hizo y que me dejó olorosa a Siete Machos, albahaca, alcanfor y mezcal, pero una euforia discreta me llena el pecho de camino a Reforma de Pineda.

Mientras dormito en el hombro de mi abuelo, sentados en el asiento grasoso del camión Sur que, de pueblo en pueblo, levanta y baja gente cargando bultos de camarón y queso seco, niños picoteados por zancudos, maletas, cansancio, escucho esa canción de

Los Terrícolas que Julieta repetía unas tres veces antes de dejar correr el disco completo. *Y mi sentimiento no lo cambiaré jamás*, canturreo en el hombro de Papá Chaía, *aunque sufra este tormento, me quedas tú*. Me duermo profundamente.

★ ★ ★

Me digo a mí misma que, si me gusta, no es prostitución, aunque René Preto no me cobre las llamadas de más de una hora que hago dos días o hasta tres a la semana. Cada vez, después de colgar con Miranda, nos metemos a la casita de su abuela, hasta el otro extremo del patio, y cogemos el tiempo que él aguante, a veces diez minutos, a veces cuarenta, depende de la cruda que traiga de la borrachera del día anterior.

Tampoco es que lo disfrute, pero el peso de su cuerpo me regresa el alma al mío, como si con su panza chocando contra mi vientre sellara la salida del poquito aliento que me queda.

Con él arriba, bufándome en el cuello su cansancio de alcohólico, me ubico en el tan ansiado aquí y ahora del que Miranda siempre me habla justo antes de coger con él. Aquí, en la cama individual de su abuela difunta, sobre el colchón duro con los resortes botados; ahora, con su pene medio guango adentro de esa cavidad que pocas veces reconocí como sexo.

—Todo el tiempo me siento como en un sueño o como en una pesadilla, como si estuviera desde afuera viéndome a través de un vidrio empañado. Sólo cuando estoy cogiendo con él me siento en mí.

—¿Cuánto tiempo ha pasado esto?

—¿Tres semanas? ¿Un mes? No ha sido mucho, el tiempo que tú y yo llevamos hablando. Sólo pasó. Un día me hizo la plática, me dijo que él me recordaba de antes. Iba en la primaria cuando yo llegué al pueblo.

—¿Te proteges?

—No. Pero si de todos modos me voy a morir, da igual si es de maldición o de sida.

—Gregoria, tú no eres víctima de una maldición. Tienes un trastorno mental que debemos tratar con terapia y medicamentos. Estas conductas autodestructivas pueden ser muy contraproducentes. ¿Has repasado la tabla de contraste de pensamiento y emoción contra realidad?

Al colgar, levanto la vista y compruebo que la puerta del local ya está cerrada y que René se ha movido de su escritorio. Antes de atravesar el patio, me quito los calzones como un acto de seducción a mí misma.

René me espera en la cama de su abuela. Está viendo un programa de citas a ciegas entre latinos en Estados Unidos. Casi siempre vemos los últimos minutos juntos y luego cogemos. Pero esta vez me le paro al lado y pongo su mano entre mis piernas, para que sienta la humedad que me provocó atravesar el patio de los Preto sin calzones.

Apenas reacciona. Un chiste de la conductora me roba su atención. Se carcajea. Me sienta a su lado, y en lo que termina el programa de citas me dedea. Aquí, en el cuartito que sus hijos le construyeron a Juana Preto para no tener que verla morir. Ahora, con los dedos de su nieto adentro de mi vagina.

—¿Y esa con quien hablas es tu curandera?

—Es mi psiquiatra.

—¿A poco estás loca?

—No sé si estoy loca o embrujada.

★ ★ ★

Cada intento de marcar el teléfono resulta en fracaso. Olvido el número, presiono una tecla en lugar de otra, se me entumen los dedos; cada vez algo impide que le marque a Julieta. No he hablado con ella en días. Algo me dice que está mal, que tuvo un accidente, que la asesinaron. Julieta está muerta.

Escucho gritos, gemidos de dolor. Debe de ser Julieta, la deben de estar matando afuera de mi casa, en la banqueta, frente a la entrada del edificio, donde encontré a Canuto, chiquitito, pulgoso, moribundo.

Los alaridos resuenan con más fuerza, más cerca, hasta que abro los ojos y miro las tejas del techo del Cuarto Grande.

Los gritos de Mamá Poncha vienen desde el patio. En contra de su propia regla, la viejita salió de la casa en la madrugada. Grita desquiciada que acaba de ver a la cuche enfrenada atrás de la cocina vieja, la que tiene el horno de piedra. Que le brillaban los ojos en medio de esa noche tan negra, que le gruñó, que casi la mata.

Papá Chaía se para tambaleándose de su hamaca y saca la retrocarga del cuarto donde guarda sus cosas, pero nunca usa para dormir.

Un animal que no logro distinguir se mueve con prisa y tira el canasto de las mazorcas. Mamá Poncha vuelve a gritar y se levanta el fondo como si el animal se hubiera escondido debajo de su faldón.

De pronto aparece Canuto, manchado de lodo reseco y con los ojos rojos de infección. Maúlla como llanto de recién nacido, con el dolor de la enfermedad y el hambre.

—¡Chaía, mata a ese diantre! Mira cómo tiene los ojos. ¡Trae el diablo adentro!

Papá Chaía carga la pistola y apunta hacia Canuto, que del dolor pasa a la furia y gruñe con el pelo del lomo encrispado y la cola esponjada.

Lo miro y desconozco a ese gato enloquecido que, como grita Mamá Poncha, parece que está poseído por un demonio, tal vez un brujo, o algún ser del encanto que mandó esa sirena que nos quiere muertos a todos.

Mi abuelo dispara la retrocarga con el tino de un forajido. Una bala atraviesa el cuerpecito de Canuto que lanza un maullido agudísimo y rasposo antes de quedar tendido, muerto, con la lengüita de fuera, sobre un charquito de sangre.

—¡No lo toques, Goya! —Mi abuelo me jala de la pijama—. Poncha, trae sal y agua bendita antes de que el ánima se salga de este animal endemoniado.

Siento un terremoto debajo de mí. El piso se abre, mis pies se separan. No me puedo sostener en pie y me tropiezo, temblorosa, sobre el corredor de cemento que no se ha abierto ni un milímetro. El terremoto me viene de adentro. Otra vez no me deja respirar.

—¡Chaía, esta pobre se muere!

Escucho mis gritos entre los de mis abuelos. Me arde el cuerpo, como si fuera un comal caliente lo que me sostiene y no el piso frío. Los oídos me zumban. El dolor se ramifica desde la roncha infectada hasta el pecho, hasta el vientre, hasta el pubis, hasta el cuello, hasta la vulva, hasta el cuero cabelludo, hasta los pies.

—¡Se le metió, Poncha! ¡El ánima endemoniada del gato se le metió!

Papá Chaía me moja la cara y me echa sal en el cuerpo, mientras Mamá Poncha reza una de esas oraciones de velorio.

Respiro desasosiego revuelto con el aire denso de Reforma de Pineda y me convierto en angustia espesa, en dolor abisal. Me hundo en la insondable negrura del miedo.

4

Goyita, que no alcanzó tablón para sentarse, se agarraba de un mecate tan fuerte como sus brazos enclenques le permitían. El camino al mar, a Aguachil, estaba lleno de hoyos y veredas que, combinados con el viento, podían voltear de un soplido fuerte aquel camión de redilas destartalado que servía como taxi comunitario ese 22 de abril, Sábado de Gloria del año 2000.

Apenas sostenía en pie el cuerpo que se movía como inflable manipulado por el viento. Ni siquiera es que la camioneta fuera tan rápido, pero algo, tal vez la falta de amortiguadores, tal vez la emoción de ir al mar, amplificaba los tumbos cada que una de las llantas se encontraba con un bache.

Sentada, vigilante, iba Mamá Poncha, con los ojos clavados en la batea de camarón que su nieta había dejado entre sus pies, cubierta con la servilleta de tela con pajaritos bordados que Julieta le había regalado diez años atrás.

—¿Quién vende camarón seco en el mar? —le había preguntado su nieta con ese tono de sabiondez que había heredado de su madre y que tanta muina le daba.

—Nosotros y te callas. ¿De qué cuenta voy a dejar que se me eche a perder la pesca de Chaía?

Él también iba, sentado al borde del redila, con los pies colgando peligrosamente cerca de las llantas que recorrían el camino a su maldición, al mar despiadado que cincuenta y ocho años antes lo había tragado y luego lo había escupido con una sentencia de muerte para toda su familia.

A los viejos del pueblo todavía les asombraba que Chaía se bañara en Aguachil como si nada, como si no se hubiera muerto y resucitado en esas olas rabiosas, en esa arena oscura tapizada de piedritas filosas, en ese mar abierto lleno de tiburones.

Pero Chaía no iba a Aguachil sin dolor: recordaba, se arrepentía, lloraba y dejaba que el viento le secara el rostro empapado de sudor y llanto, mientras el redila avanzaba y Reforma de Pineda se iba haciendo chiquito, un puntito lejano que terminaba por desaparecer ante los ojos acuosos del anciano.

Con ese desasosiego había viajado los últimos cincuenta y tres años a las playas de Aguachil, no sólo en Sábado de Gloria, que era el aniversario de su desgracia, sino en cada visita para pescar el camarón que Goyita se encargaba de vender de puerta en puerta montada en aquella bicicletita que le compró como chatarra a Cipriano Cruz. Cada viaje al mar era un revivir aquel secuestro inútil, volver a sentir el frío y la soledad húmeda del encierro en ese lugar de otro mundo que se convertiría, por lo menos en su corazón, en el purgatorio de sus hijos muertos. ¿Qué otra manera de callar ese dolor constante que apagando su conciencia con caguamas tibias?

Pero Goyita de eso todavía no sabía mucho. Sabía que un Sábado de Gloria de hacía muchos años su abuelo casi se había ahogado, sabía también que en el pueblo decían que esa había sido su maldición y sabía, sobre todo, que ella estaba condenada. Pero la euforia de su adolescencia flacucha estimulada lúbricamente por la emoción de ver a Adrián Acuino, aunque fuera de lejos, bañándose en el mar, tal vez platicar tantito, tal vez bailar una canción en el baile de la playa, cuando Mamá Poncha estuviera vencida por el cansancio del sol y Papá Chaía estuviera miado de borracho, la hacía olvidar todo lo que sabía. Y también lo que sentía, porque a medida que el redila se acercaba, y el blanco de la espuma y el azul del horizonte se iban agrandando, un miedo superior pero callado le erizaba los vellos del cuerpo. No era la inmensidad del mar ni que no supiera nadar lo que le daba miedo, era miedo y ya, una pesadez que abarcaba todos los vacíos sin necesidad de pretexto, eso mismo que años después Miranda describiría como varios trastornos mentales y que Papá Chaía advertiría como la llegada de la muerte por su nieta. Pero hasta eso pasaba a segundo plano por la simple posibilidad de verle los ojitos diminutos de gato con los que Adrián Acuino la veía cada que le preguntaba a cómo las empanadas, a cómo el cuartito de camarón.

Era el rostro de ese muchacho con lo que Goyita soñaba despierta, con los ojos bien cerrados, protegidos bajo sus párpados arrugados de la violencia de los vientos que soplaban las aguas tenebrosas de Aguachil.

⋆ ⋆ ⋆

Ni los cuatro años que Goyita llevaba como habitante de Reforma de Pineda la habían despojado de la torpeza citadina con la que seguía desenvolviéndose. Por eso, y porque le daba pena ir a la playa a vender camarón en lugar de ir a pasear y echar novio como todos sus compañeros de la secundaria, había fingido unas ganas incontenibles de hacer pipí para no tener que desfilar frágil y ridícula con la mercancía a cuestas. Escondida detrás del arbusto donde se suponía que estaba orinando, observaba a su abuela anciana caminar con las enaguas hechas nudo y con la batea de camarón sobre su cabeza como equilibrista de circo. Firme, maciza y descalza, Mamá Poncha caminaba sobre la arena hirviendo hacia la enramada donde venderían camarón seco y memelas con requesón durante el día y dormirían sobre un metate por la noche.

Papá Chaía no tenía nada que hacer más que beber coronitas frías en la enramada de la cantinera Tía Laurina, hasta que diera la noche y quedara inconsciente tumbado sobre la arena, para que se lo comieran los zancudos y las pulgas hasta el amanecer.

Así lo hizo durante cinco horas seguidas. Mientras tanto su esposa, que llevaba casi treinta años sin ser su mujer, le aventaba la misma mirada de odio que le había quedado trabada en la cara desde el nacimiento de Tavito. No bastó el dolor compartido de enterrar a todos sus hijos para que Poncha lo mirara, aunque fuera una sola vez, como cuando la trepó al caballo en el que se la llevaría a la casita pasando el río a hacerla su mujer, y no dejarle de otra a esa vieja culeca de Antolina más que casarla con él, el chinaco maldito más maldito de todo el pueblo.

Goyita también le aventaba una mirada, pero la suya era una suplicante, moribunda, como de alma venadeada en pleno monte al mediodía, sin una sombra que sirviera de refugio en lo que se acababa de morir.

Sabía que Mamá Poncha no haría nada por levantar de la inmundicia a su abuelo, que cuando Papá Chaía perdiera el control de su esfínter sería ella la que tendría que atenderlo, tratar de arrastrarlo, lidiar con sus manotazos necios, ser observada por aquellos compañeros crueles que no dejaban de hacerle burla y tratarla como una forastera aunque su color moreno se hubiera oscurecido más y su piel resistiera mejor los piquetes de zancudos.

Y Adrián Acuino vería todo. Sobre todo eso. O a lo mejor no, pero se enteraría de que Tío Chaía se había miado otra vez y su nieta lo había ido a limpiar.

A Goyita no le alcanzaba la imaginación para ver a Adrián como su novio; sus deseos se hacían tormenta en una única escena que se repetía: un beso con él, largo y con la boca bien abierta, como los que se daban en las telenovelas. Ya lo demás era pedir prestado. Y ella no pedía prestado porque era huérfana y los huérfanos no tienen con qué pagar.

* * *

El despojo al que Chaía se entregaba cada Semana Santa en Aguachil se hizo tradición después del nacimiento de Valentín, cuando tuvo que sumar a sus trabajos de campesino y cazador de ocasión el de pescador porque había que mantener, además de a la geniuda de Poncha y a la loca de su Mamá Goya, a ese bebé bonito y gordo que era el mayor de los hermanos Pineda Carlos.

Antes de eso, Chaía no había vuelto al mar. Se lo había prometido a la memoria de su abuelita Fidela. Y tal vez fue la promesa rota y no la furia de la sirena lo que lo condenó.

La verdad es que los malagüeros no habían faltado en las vidas de los Cruz Toledo, la familia de su mamá, y seguro tampoco en las de los Pineda Velázquez, la familia de su papá, pero ni cómo saberlo, porque esos vivían en Niltepec y Chaía no los había visto desde los cinco años, cuando Mamá Goya lo dejó con su abuelita Fidela para perseguir a un ferrocarrilero que la abandonó un año después, a punto de dar a luz, en Piedras Negras.

Pero a casi toda la plebe que había parido Fidela Toledo le había ido tan mal como podía irle. A la epidemia de viruela negra de 1915 no le importaron las tierras y el ganado que Eleuterio Cruz se había hecho a machetazos. Fidela tuvo que ver morir a su marido y a diez de los trece hijos que había engendrado con él. Sólo le sobrevivieron tres: el mayor, Reydavid, que se había unido al batallón del Istmo en la Revolución, y las dos más chiquitas, Gregoria y Francisca, a las que mantuvo encerradas noche y día alejadas de los otros que uno a uno fueron cayendo enfermos. Primero Severo y a los dos días Domitila, Melitón y Sodelba despertaron con aquellos granos rojos y morados que terminarían también matando en menos de un mes a Fidel, Severina, Rosenda, Jacinto, Aurelio y Reina María.

El último en morir fue su esposo Eleuterio. Raro, porque fue el primero que cayó enfermo, pero aguantó aquella fiebre quebradora hasta que Fidela enterró a todos sus hijos con sus propios brazos y manos en un claro del rancho. Para entonces ya nadie sano quería acercarse a los cadáveres negruzcos que dejaba la viruela. Ni el cura aceptó bendecirlos antes de que la tierra los engullera así nada más, sin ataúd.

Como pudo, Fidela hizo con ramas once cruces y les rezó sin falta cuarenta días seguidos para que sus almas encontraran el descanso eterno que se merecían por soportar el ardor de las calenturas y las pústulas en la piel.

Chaía no recordaba cuándo había sido la primera vez que su abuela le había contado la historia, tal vez aquella en la milpa cuando lo amarró al caballo para que no se cayera, o tal vez esa otra cuando lo zambulló en el río para que aprendiera a nadar. Lo que sí recordaba era la angustia, desde muy chiquito, de sentirse perseguido por un mal. Y esa angustia, anticipando su destino, lo devoraba especialmente en cada Sábado de Gloria.

★ ★ ★

Cuando todos sus hermanos y su papá murieron, Gregoria Cruz Toledo, que no tanto tiempo después se convertiría en Mamá Goya, era una niña de cuatro años. La penúltima de los trece hijos de Fidela y Eleuterio, convertida en la mayor aquel 24 de junio de 1915 cuando murió Reina María; porque, aunque Reydavid le llevaba dieciocho años, ni se enteró de la muerte de casi toda su familia, sino hasta cinco años después de que regresó al rancho, cuando Plutarco Elías Calles y Álvaro Obregón derrotaron a Carranza con el Plan de Agua Prieta y se deshizo el batallón de istmeños.

¿Pero qué iba a entender de eso la primera Goya, que tuvo que aprender a hacer tortillas, a cuajar queso y a arar tierra apenas se convirtió en la hermana mayor y en la segunda al mando de su estirpe casi extinta? Por supuesto que aquella Goya no había experimentado otra vida más que la que tenía: trabajar en el campo, trabajar en la cocina y convertirse en adulta antes de cumplir los diez años. No había niñez que recordar con melancolía ni tiempos mejores. Fidela era dura, como cuero mal curtido, y esa dureza era todo lo que la primera Goya conoció, por lo menos hasta que le bajó la regla, todavía muy chiquita, y comenzó a alocarse por los muchachos con eso que luego un ferrocarrilero le diría que se llamaba amor.

Ese fue el segundo gran malagüero en la vida de Fidela: tener una hija loca, respondona y enamoradiza, que la avergonzaba cada que le llegaban los chismes de que otra vez la habían visto llevar la batea de ropa al río acompañada por uno o por otro, casi todos chamaquitos zarraspatrosos sin huaraches y con el calzón de manta raído.

Justo en una de esas idas a lavar, Goya conoció a Felipe Pineda Velázquez, un guacho de Niltepec que acababa de escapar del batallón que marchaba rumbo a Colima a matar cristianos.

Abajo de un almendro chaparrito pero que daba buena sombra comía el guacho un manojo de nanches que había cortado en el camino. El último huesito que escupió cayó en los pies de aquella muchacha de chinos crespos y espalda ancha que sería su esposa por unos meses hasta que la muerte lo arrinconara en Juchitán, en un paredón de fusilamiento a los diecinueve años.

La semilla arenosa se trabó entre el dedo gordo y el que le sigue del pie izquierdo de la primera Goya. Estaba bien acostumbrada a las piedritas, a la mierda de buey y al calor, pero un hueso de nanche recién babeado sí que le disgustaba, sobre todo porque había salido de la boca de quién sabe qué desconocido.

—¡Hijo de la chingada come-cuando-hay! —Zarandeó Goya amenazante el traste lleno de ropa que llevaba a lavar, y se siguió de largo.

De regreso encontró, abajo del mismo almendro, al guacho de los nanches. Él le gritó un "¡buenas tardes!" y agarró camino apenas unos pasos detrás de ella. Como iba recién bañada, olorosa a jabón de bola, y se había acomodado el pelo en una trenza tupida y húmeda que le colgaba bonita en el hombro derecho, dejó que Felipe la siguiera todo el trayecto hacia el rancho.

No se dijeron ni una palabra.

Felipe cortejó a la primera Goya por cuatro meses mientras trabajaba como peón de un hacendado de Ixhuatán. Levantó un cuartito de lodo cerca de la salida al río, en ese terreno deshabitado que en unos años, después de que se poblara de exiliados de Paso Lagarto, llamarían Reforma de Pineda.

Cazaba venado y conejo, a veces pescaba y, cuando había mucha necesidad, se alquilaba como matón de algún infeliz.

Durante esos cuatro meses, la primera Goya multiplicó sus idas al río, porque era en ese camino y de regreso cuando podía ver a su novio. Cada que los cachaba, Francisca le contaba a Fidela de las andadas de su hermana con el guachito de Niltepec, como le decían en los alrededores. Aunque sólo era un año menor que la primera Gregoria, Panchita, como le decía Goya, no conocía las ganas ni la malicia amorosa que su hermana tenía rebosantes y que Fidela le intentaba quitar a cuerazos después de las acusaciones.

No hubo golpe ni jalón de pelo que evitara que a la primera Goya se la robara Felipe y la llevara, muy gustosa, directo a aquella choza de lodo y palma. Nada pudo hacer Fidela para casar mejor a su hija mayor. Bastó la primera noche de ese rapto consensuado para que la muchacha de quince años quedara preñada de Chaía.

⋆ ⋆ ⋆

Algo que nunca aprendió Goyita fue a nadar. Por eso lo más que hacía era sentarse en la orilla del mar y esperar a que la ola le cubriera las piernas y la cintura. Se remojaba sentada unos minutos y luego regresaba corriendo al puesto de camarón y empanadas a sacarse, discretamente, la arena del calzón.

Pero cuando el sol bajó y Mamá Poncha dejó de espantar moscas porque ya no había qué vender, Goyita se aventuró a caminar más adentro, hasta que el agua le llegó al pecho y la marea le hizo pegar unos saltitos sobre la arena.

Adrián estaba nadando en lo hondo y Goyita quería verlo de cerca antes de que la muchachada se fuera al baile y ella se quedara a dormir con su abuela abajo de la enramada en aquel metate que durante el día había servido de mantel.

Goyita ya tenía edad para ir al baile, pero no tenía amigos. También tenía el permiso de Mamá Poncha, o más bien la indiferencia de una anciana cansada después de haber enterrado a sus seis hijos, pero no tenía el valor para irse a sentar y esperar a ver si algún muchacho la sacaba a bailar. Y ultimadamente ni quería que la sacara a bailar algún muchacho; quería la boca de Adrián, abierta, y pensaba, en su lógica de la desilusión, o en su lógica sin ilusión, que tal vez lo que bastaba para tener eso era ir a ofrecerse. Ella no conocía el amor propio pero tampoco conocía el autodesprecio, y creía lo que alguna vez le escuchó decir a la prostituta que había sido querida de Papá Chaía por unos meses: el cuerpo es el cuerpo, y si ahí está, gustoso lo toman.

Desde la muerte de Julieta, Goyita no sentía su cuerpo más que en las noches cuando la invadía el miedo. Sólo durante los momentos de angustia y pánico habitaba ese manojo de huesos, músculo y sangre que el resto del tiempo era un cascarón cuarteado relleno de harina, como los huevos que reventaban en el panteón los niños en la noche del Día de Muertos. Para Goyita su cuerpo no era casa; era un espacio al que reconocía con indiferencia. Cuando se veía al espejo, desnuda o vestida, no veía ni belleza ni fealdad, sólo veía algo. El cuerpo es el cuerpo, se decía mientras observaba aquel reflejo, y esperaba que eso le bastara a Adrián para darle el beso que ella quería a cambio de lo que él quisiera hacer con ese cascarón.

Adrián nadaba solo. Sabía Goyita que el mar abierto no era un buen lugar para ofrecer el cuerpo, pero si acaso la rechazaba en medio de tanta agua, suponía ella que iba a ser menor la vergüenza: sin gente y con el ruido de las olas, ni quien se enterara de que Adrián no quiso darle un beso. Y si luego iba a contarlo con sus amigos, tampoco importaría porque ya de todos modos decían cosas muy feas de ella y sus abuelos.

Goyita se envalentonó e impulsó su pierna para dar otro paso más cerca del muchacho Acuino, pero su pie no encontró arena. El cuerpo se le hundió en la espuma salada y el agua se le metió, ácida y ardiente, en todos lados: las fosas nasales, las orejas, la garganta, los ojos. El agua espesa, casi gelatinosa, del mar, hacía que sus patadas y manotazos parecieran en cámara lenta. Afuera, sus manos alargadas y sus brazos flacos chapoteaban sin cabeza más allá de la orilla en la que ya sólo quedaban unos cuantos adolescentes que no se dieron cuenta de que la nieta de Tía Poncha y Tío Chaía se estaba ahogando en la primera Semana Santa del nuevo milenio.

* * *

Lo que la primera Goya sintió cuando le enseñaron a Chaía recién salido de su cuerpo, todavía con su carita aplastada embarrada de sangre, fue cansancio. No era el agotamiento doloroso de parir, que de por sí ya era mucho. Era una rendición absoluta. Era como si todas las emociones se le hubieran caído al pozo casi seco del patio de su madre y se le hubieran agusanado en el lodo.

No quería estirar los brazos para cargar a ese niño; no quería salir del catre para limpiarse la mengambrea pegada en los muslos; no quería darse la vuelta; no quería dormir, ni siquiera quería cerrar los ojos.

Ni cuando le avisaron, quince días después de que Felipe salió a Juchitán a hacer un trabajo de albañilería, que un tal general Laureano Pineda había mandado fusilarlo por haberse escapado del ejército, sintió ese cansancio que le cosía el cuerpo a la cama de penca. Cuando le mataron a Felipe, un hueco le chupó la panza y un sueño profundo la mantuvo durmiendo durante todo un mes, pero no más. Ahora, después de parir, no parecía que le hubieran quitado aquella barriga boluda, sino que le habían puesto otras tres, rellenas de piedras y soledad.

De ese cansancio no la pudo sacar Fidela ni a golpes. Al cuarto día de gritarle que se lavara las almorranas, que agarrara a su hijo, que tomara la leche antes de que se cortara, que rezara un rosario, que aunque fuera se parara a tomar el fresco, le azotó un mecate en la espalda y no consiguió ni un quejido. Goya estaba como muerta, pero tenía los ojos abiertos y respiraba.

Panchita recogió las pocas cosas que Goya guardaba en la choza que rentaba el difunto Felipe y las llevó al rancho, como ordenó su mamá, para olvidarse de una buena vez de aquella pendejada de escaparse con el guachito de Niltepec.

De vuelta en el rancho, como ordenó también Fidela, se ocupó de los despojos de su hermana. La limpió, la trenzó, le dio caldo de gallina directo en la boca, le puso en el pecho al chamaquito, y le sobó los lobanillos que se le habían formado en las chichis, como si fuera la ubre de una vaca. Ahí mismo decidió ella, Panchita, y no Goya ni Fidela, que el niño se llamaría Isaías, como aquel profeta del que había escuchado en una misa y que le había causado tanta impresión, porque él, mejor que nadie, había visto y anunciado la llegada de Jesús a la tierra. Sin siquiera conocerlo, ya le tenía fe al hijo de Dios. Qué hombre tan guapo debió ser, tan fuerte, tan juicioso. Y Francisca lo que quería era un hombre juicioso en sus vidas, que no lo mataran a machetazos ahogado en mezcal por haberse metido con la querida de otro desdichado, como mataron un año antes a su hermano Reydavid, el inútil ese que después de hacer nada de su vida y largarse a la Revolución, regresó nada más a dar penas y morir borracho, a los treinta y dos años, sin esposa, sin hijos y sin tierra.

—Que se llame Isaías, manita, para que sea un hombre fuerte.

Goya, presa de su rendición, ni siquiera parpadeó ante la petición de su hermana. Adentro, en su cabeza, una neblina tupida envolvió la oración que acababa de decir Panchita y la desapareció junto a los otros muchos pensamientos que deambulaban como fantasmas ciegos en aquel mundo gris en el que se había convertido su mente.

⋆ ⋆ ⋆

Tanto tardó Goya en salir de ese sopor, que Fidela ya creía que su hija había quedado guicha para siempre.

La verdad es que para Fidela no estaba tan mal tener a una hija loca, siempre y cuando no anduviera dando de qué hablar. La gente murmuraba, pero como Goya no salía del cuarto en el que había parido, nadie podía saber qué tan loca había quedado después del embarazo.

Mientras ella se ocupaba de la tierra y los animales, Francisca se encargaba de la casa y cuidaba al niño y a su hermana.

El chamaquito era más bonito que los cuches con los que siempre se encariñaba. Lloraba poco, dormía de corrido y no olía a mierda. Goya tampoco era mucho problema: seguía ida, pero ya comía sola, ya detenía a la criatura cuando se la ponía en la chichi, y, sobre todo, ya no había que acompañarla a la letrina. Panchita, que toda su corta vida había deseado que su hermana mayor le hiciera caso, por fin la tenía sólo para ella, para trenzarla con los listones morados que había sacado de aquel baúl que Fidela nunca abría, para perfumarla con las hojas de jazmín que cortaba del árbol, para acurrucarse en ella cuando su mamá le azotaba el mecate porque no había separado a la gallina enferma de las demás o porque le había dado de comer a los cuches más tortillas remojadas de las que le había dicho.

El gusto le duró seis meses. Un día se despertó y encontró la cama de penca vacía. Ni Goya ni Isaías estaban donde los había dejado la noche anterior. Cuando salió del cuarto, vio al bebé cuidadosamente acostado en la hamaca, y a su hermana echando tortillas en el horno de piedra, mientras Fidela comía una memela con manteca y tomaba pozol antes de irse a la milpa.

Aunque todavía no amanecía, Goya ya estaba trenzada y vestida, con la cara bien lavada, con los ojos sin chinguillas y con una sonrisa imposible.

—Manita, ¿me cuidas a Chaía? Ahora que claree voy al río a lavar.

¿Chaía le decía al niño? ¿Qué otra cosa iba a hacer, sino cuidar a Isaías como lo había hecho los últimos meses?

Y la vida habría sido casi la misma que hacía un año, ahora con un bebé hecho tamal en la hamaca, si no hubiera sido por ese fulgor chillante que irradiaba Goya a través de los ojos y de sus carcajadas ruidosas que tronaban como cuetes. Goya había salido borracha y feliz de aquellas tinieblas, un millón de veces más sonriente y loca que antes de encontrarse con Felipe. Parecía que no había sido viuda y madre. Parecía que era ella la que había nacido y no el bebé.

* * *

Antes, cuando compartía el departamento con Julieta y su vida se trataba de ser la única hija de su mamá, Goyita hablaba tanto que tenían que aislarla en el salón de clases. No le paraba la boca, así estuviera a mitad de un examen o sentada en las piernas de Julieta en un pesero repleto.

La orfandad la dejó sin palabras y la falta de palabras la dejó sin amigos. En Reforma de Pineda, Goyita abría la boca sólo para vender o comprar. Por eso, las veces que alcanzó a sacar su cara del agua rabiosa mientras el mar la revolcaba, no le nació pegar de gritos, aunque le quedara un poquito de aire en los pulmones para lanzar un "¡ayúdenme!" o un "¡me ahogo!".

Con la cabeza otra vez hundida y la convicción de que esa sería su muerte, abrió los ojos por si Julieta estaba ahí, lista para llevarla con ella. Nadie le había advertido antes que abajo del agua todo se ve borroso. No había forma de saber si esa sombra que creyó ver era su mamá o sólo era la falta de oxígeno que nublaba cada vez más su visión.

⋆ ⋆ ⋆

De las cuatro veces que Goya se escapó del rancho antes de no volver a pisarlo sino hasta después de la muerte de su Mamá Fidela, una de ellas se llevó a Chaía.

Ya había agarrado camino antes, en uno de sus arranques de alegría tóxica que le daban y por los que alguna vez había vendido dos marranos de su mamá, trabajado de cantinera en Unión Hidalgo, metido a nadar ajuareada con todo y pulso y monedas al río, gritado a su ex suegra que malrrayo partiera a Felipe donde quiera que estuviera por haberla dejado sola, y matado a machetazos a un bandolero que quiso asaltarla junto a Panchita de camino a la feria de Zopilote.

Las andadas de Goya ya se contaban en muchos pueblos y la gente la reconocía entre admirada, burlona y temerosa porque de la loca de Goya no se sabía qué esperar.

Cada vez que se iba, regresaba a las tantas semanas muerta de cansancio, muda y chupada a mirar el techo por días y luego a medio vivir, medio comer, medio hacer tortillas, medio darle de comer a los cuches y medio cuidar a su hijo, hasta que otra vez se le metía aquel cuete en la cola y chispeaba de alegría.

Fidela, cansada de la vida que le había tocado, envejecida hasta el pubis que ya tenía todo canoso, no se molestaba en agarrar corajes por el comportamiento de su hija. En cambio se dedicaba a trabajar el campo y dejaba que Panchita se hiciera cargo del chamaquito. Tanta desgracia la había dejado sorda de chismes y de todos modos su hija guicha a veces era de utilidad.

Pero esa última vez que se escapó no le toleró la grosería porque la muy malagradecida se atrevió a llevarse al niño.

Había escuchado que andaba de querida de un ferrocarrilero de México que había conocido en una de sus andanzas locas en Arriaga, pero la vergüenza ya no le cabía entre tanto pesar y se hizo como la que no supo.

Abundio Mendoza de treinta y siete años, oriundo de Peralvillo en el Distrito Federal, le había prometido a Goya, de veintiún años, que se la llevaría a México a vivir en una casa de cemento. Le regaló un talco perfumado y unos aretes de bisutería como prueba de su compromiso y le dijo que él sería el padre de su hijo Chaía. No era guapo, pero parecía honesto con sus intenciones y, sobre todo, era un hombre aventurero como le gustaba a Goya, cuando le gustaba la aventura.

Aunque pedazos, algo recordaba Chaía de esa huida: un huarache se le cayó y anduvo días con un pie descalzo. Quería quitarse el otro huarache pero Goya no dejaba de decirle que ay de él si se atrevía a perder el único huarache que le quedaba.

Esas noches durmió abrazado a su mamá en una hamaca de Abundio Mendoza, con todo y su único huarache puesto para cumplir la promesa de no perderlo. Hasta que llegó su Abuelita Fidela montada en aquel caballo pinto que ella misma había domado años antes sin ninguna consideración a su cadera. Le pegó una gritoniza a Goya —"¡Puta ladina, desgraciada, malrrayo te parta, loca, cómo te fui a parir!"—, la cacheteó tres veces y de un jalón se llevó a Chaía de regreso al rancho.

De Goya no se supo nada por cuatro años hasta que regresó casada con un ferrocarrilero que no era Abundio Mendoza.

Para entonces Chaía ya era el único acompañante de Fidela. Un año después de la huída de la loca de Goya, Panchita se había escapado con un campesino de Reforma de Pineda que a veces trabajaba con su mamá. A Fidela no le quedó de otra más que bien casar a la única hija que le quedaba y adoptar como suyo al chamaquito hijo de la desvergüenza.

Y sí lo quiso aunque no se notaba. Fidela se las arregló para hacerse un cachito en el cuerpo, entre tanto luto y tanta muina, donde le cupiera el amor que sentía por Chaía. Pero ese cachito estaba bien escondido, bien apretujado, bien aventado al fondo de todas las vísceras duras que el dolor le había petrificado, entonces el amor no tenía forma de salir.

⋆ ⋆ ⋆

Tal vez dos años más de niñez le habrían bastado a Chaía para no caerse del caballo, pero a los seis todavía le costaba mantener el equilibrio en aquellas bestias que habría confundido con gigantes si alguien le hubiera contado un cuento de gigantes para poder imaginarlos.

Por eso Fidela lo amarraba al caballo todas las madrugadas cuando agarraban camino al campo. No lo llevaba con ella, entre sus enaguas, para que el chamaquito se hiciera hombre más rápido. Tampoco lo acariciaba ni le decía que era su chunco bonito, aunque a veces, sumida en el cansancio de trabajar tanto la tierra, le comían las ganas de calmarse la soledad llenando a ese niño de besos.

Pasarían varios años para que Chaía se convirtiera en el hombre sin miedo que a Fidela le urgía tener por nieto. A sus seis años, con todo y que su abuela lo dejaba solo en el monte, a Chaía todavía le ganaba el llanto como a cualquier niño, y como cualquier niño, recibía acurrucado los apapachos de sus tías, no le hacía que estuvieran muertas desde hacía mucho tiempo.

Primero se le apareció Severina, con el pelo suelto y vestida de blanco. Le dijo "soy tu tía, no te asustes" y le contó de su Mamá Goya y su Mamá Panchita cuando estaban chiquititas, que muy bonitas, que muy cachetonas, que se parecían a él. Luego se le apareció Reina María, con los granos rojos y morados así como se había muerto. Al principio Chaía se asustó mucho, pero luego se encandiló de la mujer que le contaba risa y risa cómo había intentado varias veces escaparse con su novio, pero Fidela siempre la cachaba, y cómo al final le ganó la muerte y nunca se pudo casar. Después de los cuentos, Chaía se abrazaba al cuerpo redondo y suave de su tía fantasma, mientras ella hacía surcos en su cabeza con sus dedos muertos.

—No llores chunquito, yo te cuido.

Pero, lo malo de convivir con aparecidos es que no sólo se aparecen las tías buenas.

★ ★ ★

No era la primera vez que Goyita se revolcaba sin aliento en las aguas espesas del mar. Diez años antes una ola la había arrebatado de los brazos de Julieta mientras chapoteaban en Acapulco. Apenas duró algunos segundos en el vaivén furioso de aquella ola grande, hasta que la mano de su mamá le agarró el brazo y la jaló a la orilla, chillando a gritos, Julieta y ella, por la tragedia que pudo haber sido.

Tenía seis años en ese entonces y sólo recordaba eso y el calor del camión de aquel, el único viaje que

Julieta y ella hicieron que no fueran las contadas visitas a Reforma de Pineda.

Ahora, tragada por Aguachil, sentía que le jalaban las piernas al fondo. Y de todas formas, ¿para qué la sacaría Julieta del agua si a lo mejor lo que convenía es que estuviera muerta junto con ella? Seguro era Julieta la que la jalaba al fondo para abrazarse otra vez, chillando a gritos, en el más allá.

Pero cómo será de caprichoso el mar que una ola grande la revolcó de regresó a la orilla. Todavía consciente y con la playera hecha bolas, Goyita se quedó tirada en la arena, viendo pies y piernas acercarse.

—¡Es la Chinaquita, la nieta de Don Chaía! —gritó uno que Goyita no distinguió.

—¿Estás bien, Goyita? —le preguntó Adrián Acuino. Y por primera vez en muchos años, Goyita se dio cuenta con gusto de que no estaba muerta.

⋆ ⋆ ⋆

Para la Semana Santa de 1942, Chaía ya había visto catorce veces al diablo. Tres de esas veces, como cadejo; las demás como diablo; una no lo vio, pero sintió su cuerpo peludo cuando se le metió al catre. No le tenía miedo.

Reydavid, el único de sus tíos que todavía lo visitaba, le había dicho que nunca mirara al diablo a los ojos, que le aventara orines, que lo mandara a chingar a su madre tres veces seguidas, que no tuviera miedo. También le había advertido que aparecidos y seres del encanto se dejaban ver por gente sola, sobre todo, a la mala hora, para perderlas y llevarlas a un páramo donde las espantaban por toda la eternidad.

Pero ni eso le daba miedo a Chaía. ¿Qué podría sacarle un susto si ni el mismo diablo le quitaba el sueño? A sus dieciséis años, Chaía ya se había convertido en el hombre de la casa, en el valiente del rancho, en el impertinente del pueblo: temerario y con una arrogancia que enmuinaban hasta el llanto a su abuelita Fidela.

—¡Si sigues así te van a matar, Chaía!

—¡Primero los mato yo!

Se decía que para entonces ya había matado a unos cuantos. No era verdad. No había pasado de porracerar a varios y dejar maltrecho a uno que otro, pero todavía no había matado. Eso vendría cuando la desdichada sirena lo aventara a la negrura por no poder sellar sus párpados para evitar verla a los ojos.

Después de que ella le chupara las entrañas y le dejara el cuerpo hueco, inflamado de puro dolor, muina, frío y miedo, se echaría a cuanto se le pusiera enfrente: forajidos, enemigos políticos, desdichados que habían cometido el error de ponérsele al brinco, borrachos. Hasta que el dolor, la muina y el miedo terminaran por devorarlo, y pasara décadas llenando ese hueco inflado con cerveza y mezcal, para no sentir tanto, para perderse, para recordar a su Mamá

Fidela, para repetirse, entre caguama y caguama, hasta que el desmayo le ganara, hasta que los orines empaparan noche tras noche su hamaca, que debió haberle hecho caso a su abuelita y no ir ese día al mar.

Pero ahí estaba Chaía a las 5 de la mañana de ese 4 de abril, Sábado de Gloria de 1942, preparando la carreta para irse a bañar a Aguachil, impertinente y arrogante como el diablo aparecido lo había moldeado, seguramente con toda la intención de empujarlo a ese destino anodino de borrachera, dolor y tierra de panteón que vino después del rapto.

⋆ ⋆ ⋆

En su vida con Julieta, Goyita había aparecido en tres obras escolares: dos pastorelas —de conejita venida a borrega porque Julieta le había comprado mal el disfraz en el mercado de Mixcalco, y de pastorcita— y en una obra de verdad, en la que había salido de mujer casada, vestida con un camisón de dormir que Julieta le había prestado y había ajustado para su cuerpecito menudo de niña de once años. Todavía se acordaba del primer diálogo que decía en la obra. A veces lo repetía en voz alta con el tono que la maestra le pedía, con las ganas y el nerviosismo con los que lo había gritado en el festejo del Día de las Madres de 1995.

—¿QUIÉN ANDA AHÍ? ¡CONTESTE Y DIGA QUIÉN ANDA AHÍ!

Y a veces también repetía la segunda frase, la que le tocaba a su amor Engelbert, el niño que le gustaba desde cuarto de primaria, y que en la obra había sido su esposo.

—¡ESTÚPIDA! TE VAN A CONTESTAR EN SEGUIDA…

Julieta, que era la maestra del 5°C en la misma escuela, había estado ahí, viendo a su hija hacer reír a los demás niños. Goyita, desde la tarima del patio de la escuela, había visto a su mamá verla con la risa en la cara. Estaban vivas.

Después de ese día, Goyita quiso salir en la tele. Comenzó a practicar en el espejo los diálogos de la obra y su reacción de sorpresa y júbilo cuando Engelbert le preguntara "¿quieres ser mi novia?" y ella contestara "¡sí!", lista para que toda la escuela volviera a verla, solo a ella, mientras decía cosas que se había aprendido de memoria y hacía, con su cara y con sus manos, como que sentía otras.

Reforma de Pineda le aprisionó la cara con una máscara invisible que no la dejaba ni reír ni llorar, y le aprisionó las manos y el cuerpo al punto que parecía que se iban a quedar siempre del mismo tamaño. Le aprisionó también las ganas de ser vista, escuchada, percibida. La sumió en un vacío anónimo, tal vez porque era Julieta la primera que la había visto y no tenía forma de saber si la seguía viendo.

Tirada en la arena, con el pelo empapado y la playera hecha girones, Adrián Acuino la miraba con atención, como si esperara el siguiente diálogo para soltar la carcajada. La gente que había corrido a atestiguar su revolcada ya había perdido el interés por la nieta de Chaía y Poncha, la callada, la rara que apenas levantaba la vista, la huérfana.

Entonces Goyita supo que era ese el momento para soltar su siguiente diálogo, hacer con la cara y las manos los gestos como si algo estuviera sintiendo, sacarle provecho a que casi se muere y exigir ese beso que la vida, comenzaba a creer con un chispazo de seguridad, le estaba debiendo ya.

—¿Qué pasó, Goyita? ¿No sabes nadar, pues? Vente, vamos a sentarnos.

—Vamos atrás de aquella palma, te quiero decir algo.

—Vamos, pues. —Adrián, que no era tonto, que ya había visto a Goyita verlo con cara de apendejada y había adivinado que le gustaba a la Chinaquita, arrugó sus ojitos de gato, le ofreció la mano y encaminó a Goyita al monte, bien apartado, más allá de la palmera que Goyita había señalado, a hacer lo que hacen de noche los adolescentes borrachos.

—¿Me das un beso? —Goyita se quitó la playera llena de esa arena negruzca de Aguachil, se quitó los bloomers y se paró, encorvada y con la mirada enterrada en la tierra, frente a Adrián.

Adrián acercó su boca bien abierta y metió su lengua anguila casi hasta la garganta de Goyita.

No se siente, pensó ella. Y no es que no sintiera el molusco baboso que bailaba inquieto en su boca y la humedad de los labios blandos que le llenaban de saliva la mitad de la cara. No sentía en el pecho ni en la boca del estómago. No sentía el calambre entre las piernas que a veces se aparecía cuando se besaban en las telenovelas.

Adrián la acostó, le quitó los calzones, le abrió las piernas, se lamió la mano, le hundió los dedos y luego empujó su pene en las entrañas de Goyita, como si fuera un puño que acababa de tomar vuelo para estrellarse contra la cara del enemigo.

El dolor apagó todo alrededor de Goyita. Pura ceguera y silencio durante la implosión. Sintió la fricción de su garganta cuando soltó un grito, pero no lo escuchó. Tenía los ojos bien abiertos, pero no veía nada más que negro. El dolor, en cambio, que iba y venía como corriente eléctrica del vientre a la cabeza, permanecía presente y protagónico. Le dolía, pero seguía sin *sentir* en el pecho y en la boca del estómago.

Por fin el dolor cedió y la vista y el ruido reaparecieron. Pudo ver a Adrián sobre ella, escuchar sus jadeos, sentir su mano exprimiéndole una chichi, su boca succionándole el cuello. Pudo ver las tres estrellas esas que siempre están bien brillantes y alineadas una tras otra en el cielo, sentir la comezón de los piquetes de zancudo en las piernas, la arena entre las nalgas, las piedritas encajándose en su espalda, el pene de Adrián entrar y salir de ella. Y puso mucha atención a todo, buscando dónde estaba ese sentir del pecho y de la boca del estómago, en qué parte del cuerpo se le había escondido el calambre de la punta de la vulva, el amor.

Adrián gimió fuerte y le soltó en la panza un líquido blancuzco, baboso, oloroso a cloro. Se lo limpió con su playera y con la misma playera se limpió la sangre que le había quedado amelcochada en el pene y en el vientre. Se acostó bocarriba al lado de ella y respiró fuerte.

—Ya me voy. No le digas a nadie. —Se puso las bermudas y salió corriendo hacia la playa.

Goyita se quedó acostada mirando al cielo, las tres estrellas bien brillantes y alineadas una tras otra. Alguna vez, Julieta le había dicho cómo se llamaban, pero ya lo había olvidado.

—¿Andas ahí, mamá?

Silencio.

—Estúpida, te va a contestar…

⋆ ⋆ ⋆

—¡Malrrayo te parta, hijo de la chingada! ¡Amalaya te hubieras muerto con el diantre de tu padre! —Fidela apuntaba la retrocarga hacia Chaía, que ya estaba montado en el caballo listo para salir a Aguachil.

Desde que había agarrado cuerpo de hombre, su nieto mostraba en la cara la locura endemoniada de

Goya, la única hija que le quedaba más o menos viva, convertida ya, de manera oficial, en la loca poseída de Reforma de Pineda.

Panchita había muerto de un tumor que habían creído chamaquito. Después de intentar concebir, de buscar quién le regalara un niño, por fin la regla se le fue y su vientre comenzó a abultarse. Pero no era un bebé, sino una masa maligna y dura que se le fue enramadando en las tripas y le pudrió los adentros.

Decían en el pueblo que era culpa de Goya y sus posesiones. Que cada que se le metía aquel espíritu travieso que la hacía, por ejemplo, salir corriendo sin enaguas de su casa, gritando que unas culebras se le estaban metiendo en la cabeza, le aventaba a su hermanita Panchita, que siempre veía por ella, un poco de maldad. Y esa maldad se le fue acumulando en la panza hasta que se le regó en todo el cuerpo y terminó por matarla creyendo que era un hijo y no un demonio lo que cargaba.

—No me diga eso, abuelita, mejor deme su bendición. ¿Y si sí me muero? ¿A poco de verdad quiere que me muera? —reía Chaía.

Eso enmuinaba más a Fidela: la confianza socarrona de su nieto que si no controlaba podría llevarlo a la muerte. Y a él sí que no lo podía perder. Ya los había perdido a todos, porque Goya, como si estuviera muerta. Goya no era más que un fantasma ruidoso que penaba por Reforma de Pineda. Pero su Chaía estaba vivo, su chunco, aunque nunca se lo dijera, que se había convertido en un hombre fuerte y guapo, que podía casarse con la que quisiera y tener muchos hijos, reiniciar la historia de esa familia casi desaparecida para que ella ya pudiera morirse en paz y, tal vez, hasta descansar un poco en vida antes de desaparecer en la negrura de la nada.

La noche anterior, Fidela había soñado que Chaía se hundía, con todo y caballo, en un fango de mierda. Por eso le había prohibido a su nieto poner un pie en aquel mar conjurado con el maligno que era Aguachil.

Pero, para entonces, Chaía ya era ingobernable. Muy atrás habían quedado los días en los que la abuela lo amarraba con mecates al caballo y le gritaba que se comportara como hombre. Ya era un hombre, ya le había sostenido la mirada al diablo en contra de las recomendaciones de su tío Reydavid, y seguía vivo. ¿Qué más le podía pasar?

Y esa soberbia cómo le daba coraje a Fidela, tanto que cuando lo insultaba no podía evitar decirle las peores maldiciones que le brotaban del corazón y le salían de su boca lépera. Luego se arrepentía, pero en el momento quería enterrar al chamaco bajo todos los insultos para que escarmentara, para que entendiera. "¿Viste, pendejo? ¡Te lo advertí!".

Por eso, cuando le avisaron que su nieto se había ahogado, que todos habían visto cómo se lo había tragado el mar, sintió que la culpa le quemaba de adentro hacia afuera. Ella misma había matado a su Chaía.

⋆ ⋆ ⋆

Más que el miedo, era el frío.

En Reforma de Pineda se sentía frío sólo en la madrugada, y ni era frío-frío, era más una sensación fresca, como de ventilador soplando.

Chaía ya había aprendido a quitarse el fresco de la madrugada con los besos de las muchachas de la cantina. No tenía mucho que había descubierto que le gustaban las mujeres y que él le gustaba a ellas.

Apenas en la regada de fruta de la Vela de San José, había intercambiado miradas con Erlinda Preto. Ella no lo rechazó cuando la sacó a bailar y tampoco cuando en los días siguientes la acompañó a dar la vuelta al parque. Pero todavía no quería hacerla su novia porque también tenía otra enamorada en Zanatepec y otra en Ixhuatán. Las dos muy bonitas, siempre bañadas, trenzadas y perfumadas con flores como a Chaía le gustaban.

Y también estaba esa Alfonsa, Poncha, hija de la pobre Antolina, la vendedora de memelas llena de chamaquitos que siempre estaba embarazada de algún ingrato que no se había querido casar con ella. Cada que se encontraban, Poncha le clavaba la mirada entre enojada y curiosa y luego salía corriendo con su plebe detrás. Descalza, con el vestido raído y los pelos revueltos, oliendo a sudor y chuquilla, algo tenía esa chamaquita que llamaba la atención de Chaía casi tanto como las señoritas que cortejaba. Pero su abuela primero lo molería a cinturonazos antes de permitirle andar de novio de una de las hijas de la patarrajada de Antolina, y menos de la chamaca brava esa que se la pasaba peleando como chucho con rabia.

Ese Sábado de Gloria, echado en la arena, mientras le daba un trago a su pozol, vio a una muchacha de huipil y enaguas blancas bañarse en la orilla del mar. Cada que la ola se rompía en sus pantorrillas, ella se agachaba, llenaba su jícara roja y se arrojaba el agua en la cabeza. Sobre el huipil empapado le colgaba un collar de barro negro que brillaba fuerte con el reflejo del sol. Sus trenzas, unidas por un listón rojo, resplandecían como si estuvieran embadurnadas con manteca.

Chaía pudo percibir a la distancia el olor a jazmín con sal que la muchacha despedía, y, con el pecho entumecido por un abrazo tibio, se puso de pie para seguir ese olor que se sentía como debía sentirse el amor de su abuela Fidela y su Mamá Goya si se lo demostraran.

Mientras caminaba hacia la muchacha que todavía no se dejaba ver la cara, ella parecía meterse cada vez un poquito más al mar.

Contaban en el pueblo, mientras estuvieron vivos los que estuvieron ahí, que Chaía se había metido solo al agua, que no había mujer, que ellos tendrían que haberla visto si era tan hermosa con huipil y enaguas blancas como él contaría después, junto con el cuento ese que contaba Goya de que se había convertido en chinaca para escapar de los amores de esa sirena.

Cuando por fin pudo acercarse a ella, el agua, fría como nunca antes, como si el sol no hubiera llevado ya media mañana brillando, le llegaba hasta el pecho. Entonces la tuvo de frente, la vio directo a los ojos y ella le sonrió con unos dientes amplios, perlados y cínicos que le helaron hasta el pelo.

—Estás muy chiquito. Te quería como esposo, pero vas a ser mi hermano. —Le aprisionó la cintura con sus brazos y se lo llevó a lo que él supuso era el fondo del agua, porque a dónde más te llevan si te raptan en la orilla del mar abierto. Aunque pudo haber sido cualquier otro lugar maldito, el mismo purgatorio, un vacío, un lugar de ceguera, o tal vez el infierno, que de tan helado quemaba, pero a donde definitivamente uno iba a sentir dolor, miedo y frío.

★ ★ ★

Fidela, que nunca se desdecía en voz alta de las maldiciones que soltaba, había pasado toda la mañana rezándole en su cabeza a la Virgen de Juquila para que protegiera a Chaía del malagüero que ella misma le había lanzado, pero por el que jamás pediría perdón.

O eso pensó hasta que al otro día, mientras ordeñaba una de las vacas, don Erasmo llegó hasta su rancho con la noticia de que su nieto se había ahogado el Sábado de Gloria como a las doce, o tal vez un poquito más tarde, y que habían pasado el resto del día buscándolo con tanto ahínco que casi se les ahoga otro, el hijo de don Abraham Castellanos, ¿sí sabe cuál?, pero Dios es grande y no pasó a mayores. Que de su nieto no sabían nada. El mar no había escupido el cuerpo, pero ya ve que luego se tardan días, o a veces ya nomás no aparece. Resignación.

Fidela ni pestañeó, aunque podía oír el crujir de su alma que se le cuarteaba como si la acabara de sacudir un terremoto.

—¿No ha aparecido el cuerpo, dice?

—No, Fidelita.

—Entonces debe seguir vivo el diantre ese. —No podía evitar seguir maldiciendo a su nieto aunque el pecho lo tuviera inundado de las lágrimas que no se daría el permiso de sacar.

—Resígnese. Vieron varios cuando Chaía se metió al mar. Hasta dicen que a propósito se hundió.

—¿Cómo se va a hundir a propósito mi nieto, don Erasmo? ¡Esas son pendejadas!

Entonces buscó en sus entrañas evidencia de la muerte de Chaía. El presentimiento que había cargado desde la noche que lo soñó no le decía que estuviera muerto, en ninguna víscera sentía ese anuncio contundente que sintió con todos sus difuntos, esa despedida silenciosa que le había invadido el cuerpo tantas veces antes. No, el diantre ese seguía vivo. En peligro, pero vivo, y lo iba a encontrar.

Con la venta de tres vacas le pagó a un grupo de mareños de San Francisco del Mar para que buscaran a su nieto. Quién como ellos, pescadores todos, que conocían mejor que nadie esas aguas para hallar a Chaía. Después de un día de búsqueda no encontraron nada, ni un pedazo de tela.

Desesperada, Fidela visitó a Teófora, una curandera de Zopilote que sanaba con espíritus y podía hablar con los muertos. Aunque creía en todos los seres que no se pueden ver, a Fidela no le gustaba meterse en esas honduras, no se le fuera regresar alguna maldición. Pero estaba dispuesta a agotar todos los recursos antes de dar por muerto a su Chaía.

—No está en el mundo de los muertos, pero tampoco de los vivos. Lo siento en el mundo de los invisibles, con los seres del encanto. —Teófora miró una jícara llena de agua como si en el reflejo estuviera Chaía en ese mundo que no se puede ver.

—¿Cómo lo traigo de vuelta?

—Vas a tener que convencerla, porque no hay otra manera. Pero hablar con ella te va a costar.

Fidela entonces vendió cinco cuches, tres gallinas y un buey, porque Teófora arriesgaba mucho al poner el cuerpo para que un ser del encanto se comunicara. No era como que un muertito, con el alma ligera, usara su materia para hablar. Este era un ser mágico y poderoso que podía chamuscarle las entrañas o perderle el alma a la curandera si ella no se protegía bien.

—No te lo voy a regresar. Sí me está gustando para esposo. —Teófora volteaba los ojos para arriba mientras, a través de sus cuerdas vocales, hablaba con voz aguda la que se decía sirena.

—¿Qué quieres? Tengo animales, tengo tierras.

—Nada tuyo me sirve.

—¿Y cómo sé que está contigo? ¿Cómo sé que está bien?

—Está bien. Despídete, que no lo vas a volver a ver.

Entonces en el interior de Fidela retumbó la voz de su nieto como no la había escuchado en años: infantil, frágil, llena de miedo.

—¡Sáqueme de aquí, abuelita, tengo frío!

Teófora tosió entre ahogos y escupió todas las flemas que se escupen en un año. Las pupilas le regresaron a su lugar, pero el color le quedó extraviado en el limbo donde su alma esperaba en lo que los espíritus encarnaban su cuerpo.

Miró a Fidela y creyó ver a un cadáver aunque la descolorida era ella.

—¿Hablaste con ella, manita? ¿Qué te dijo?

—Que no me lo va a devolver. —Fidela se limpió las lágrimas que le brotaron de aquellos ojos que estuvieron secos por años y le pidió perdón a Dios, a su nieto y a todos sus muertos.

* * *

En el pasado, cuando ni ella ni sus hijas vivas se imaginaban la muerte prematura que sorprendería a los Pineda Carlos, Poncha cuidaba con recelo la virginidad de Fidela, Romana y Julieta.

Aquella bravura salvaje, a veces animal, la característica más reveladora de su personalidad, era sólo un recubrimiento. Poncha, en el fondo, era una mujer digna y soberbia, que vestía las únicas tres enaguas raídas que poseía como si estuvieran bordadas a mano. Y exigía de sus hijas la misma dignidad y soberbia, la misma bravura animalesca capaz de ahuyentar con piedras a chamacos perniciosos, y guardarse para un hombre, si no guapo, si no con dinero, por lo menos con una casa, un trabajo y unos centavos para ofrecer a cambio de una esposa que no ha sido tocada por otro hombre.

"¡Loca malagradecida!", les gritaba a sus hijas antes de aventarles a la cara o las pantorrillas lo que tuviera a la mano: una escoba, una barra de jabón, una mazorca, una memela caliente, un huarache, si llegaba a enterarse de que las había visto dar la vuelta en el parque con alguno.

Ella, que había sido la mayor de toda la plebe engendrada por su mamá, había padecido, más que todos, las consecuencias del corazón enamoradizo de Antolina. A punta de burlas, desprecios y hambre, había aprendido que el cuerpo no se deja tocar, que los hombres son el diablo y que los hijos se engendran con la facilidad de un estornudo. Y por eso había decidido no dejarse tocar jamás por un hombre y evitar, tanto como pudiera, que sus hermanitas fueran tocadas por uno.

Nunca se imaginó que terminaría persiguiendo, vigilando y pescoceando a hijas propias, salidas de su cuerpo después de haber permitido que un hombre le metiera su hombría; y peor: después de haberlo disfrutado. Y todo para que su propia plebe terminara muerta. Tantas muinas, tanto arrepentimiento, tanto dolor para que su vida entera yaciera en el panteón reseco de Reforma de Pineda.

Y sí, le quedaba la pobre chamaquita a la que se le notaba en el pellejo la orfandad, pero se le habían acabado las fuerzas y con ellas las ganas de cuidarle la honra a cualquier ser vivo. Por eso cuando la vio regresar del monte con la playera volteada, los pelos enredados y la mirada ida, cerró los ojos y se hizo la dormida. Sabía lo que Goyita acababa de hacer y, hasta eso, sí sentía en la boca del estómago un hoyo amargo de tristeza, decepción y coraje, pero ni su hija era como para tomarse la molestia de pescocearla y, de todos modos, para qué, cuánto podía quedarle de vida a esa pobre.

Cuando la niña se le acurrucó en el pecho no le quedó de otra más que hacerle un hueco en su cuerpo y recibirla en aquel petate oloroso a empanada y camarón seco, pero ni con eso la anciana abrió los ojos.

Así, con los ojos bien cerrados, se había dejado hacer y deshacer por Chaía. Poncha había crecido acostumbrada a que a ella y a sus hermanos los trataran como perros con sarna. Cuando conoció a Chaía, le sorprendió que el nieto de la finada Fidela no la mirara con asco. Tenía tan buenos modos y lo veía tan guapo, que apenas le dijo que se fuera con ella, Poncha agarró camino detrás de él, como perrito hambriento. Después se enteraría de que antes de robársela, Chaía había pedido a dos muchachas que no quisieron casarse con él. Pero para entonces ya se había aliviado de Valentín, y aunque el odio le incendiaba el cuerpo, sabía que su vida era esa y que se tenía que aguantar. Si tan sólo no se hubiera dejado hacer no habría tenido que enterrar a su propia entraña. Y lloró sobre el petate con su nieta al lado. Y sintió lástima por ella, porque recordó, además, el dolor de la primera vez que Chaía le conoció el cuerpo, sobre otro petate en la casa de lodo, a la salida del río, que el diantre había construido para alguna de las muchachas que lo habían rechazado, pero no para ella.

—¡Tía Poncha, Tía Poncha! ¡Despierte! ¡Tío Chaía se cayó y se rompió la cabeza! —Abrió por fin los ojos porque nadie podía permanecer falsamente dormida con esos gritos resoplando tan cerca.

—Vete a ver qué pasó con ese diantre, Goyita. —Poncha se levantó y sacudió a su nieta, que también fingía dormir con los ojos bien apretados para que no se atrevieran a despertarla.

A Poncha le quedaba poco de la bravura animalesca y casi nada de soberbia, pero conservaba la dignidad, a pesar de las mañas de Chaía. Se paró y se sacudió la arena y los recuerdos. Vistió su dignidad intacta y se preparó para pescocear a su marido, porque para eso todavía le quedaban ganas.

⋆ ⋆ ⋆

Cuando Goya no estaba ni endemoniada ni tumbada por aquel sopor que la pegaba al catre por semanas, barría entusiasta su piso de ladrillo rojo; regaba su patio serpenteado por árboles de tamarindo, mango y limón; escuchaba, bajo el palo de las bugambilias, los pensamientos que se le agolpaban cotidianamente en la cabeza.

Había heredado de su segundo marido una casa muy bonita a media cuadra del parque de Reforma de Pineda. Josué Marroquín Chub, un guatemalteco que se había unido a Zapata en la Revolución y luego se había convertido en ferrocarrilero, se encontró con Goya en un hospicio de Eagle Pass después de que diera a luz a una niña muerta.

No la había visto mero bonita, pero sus pelos crespos y sus ojos negros le habían recordado algo de su propia madre a la que apenas había conocido y a la que siempre pensaba como una aparición milagrosa, como una virgen piadosa de esas que se le aparecen a hombres perdidos. Goya, con sus pelos crespos y sus ojos negros era su aparición. Y la hizo su mujer.

Josué, que no tenía a qué volver a Antigua, o sí tenía —una esposa y ocho hijos—, pero no quería, agarró a su nueva esposa y dejó que ella lo guiara a su nueva vida, en un pueblo nuevo llamado Reforma de Pineda, donde Goya había dejado a una mamá, a un hijo y a muchos muertos en el panteón. El hijo, decía Goya, ya era más hijo de su Mamá Fidela, y él no tendría que criarlo como suyo, si no quería. Y ni iba a poder aunque quisiera, porque era un diantre de chamaco.

Entonces Josué se las arregló para hacerse de una casa en ese pueblo nuevo; hacerse de un par de vacas, de un buey, de un cuche, de tres gallinas y de un gallo; de dos hamacas, de un catre, de dos lámparas de aceite, de una letrina, de un piso de ladrillo rojo y de una mujer que de tanto en tanto se convertía en un demonio de pelos crespos y ojos enloquecidos de la que quiso huir en un caballo bravo que no se dejó cabalgar y que le pateó el corazón. Y así murió Josué Marroquín Chub al año y medio de llegar a Reforma de Pineda, sin tiempo para hacerse también de un nombre que fuera recordado, porque por los siguientes años, la gente lo mencionó como el otro marido finado de Goya la guicha o "el Guatemalteco", hasta que no se le mencionó más.

Pero Goya lo recordaba por su nombre de vez en cuando, sobre todo mientras le pasaba la escoba a ese piso de ladrillo rojo que a pesar del paso del tiempo seguía siendo la novedad y que había sido decisión de él, porque a decir de ella con un piso de tierra bastaba.

La noticia del rapto de Chaía la había encontrado tranquila, en ese pequeñito espacio manso después de aquella tristeza que la tumbaba de tanto en tanto. Reconocía con mucha vergüenza que lo quería, sí, pero no lo quería tanto como para volverse loca de dolor y arrancarse los pelos como parecía que estaba haciendo su Mamá Fidela, porque hasta más pelona miraba a la vieja furibunda que no dejaba de vender cuches y vacas y lo que pudiera vender para traer de vuelta a su hijo.

"¡Mamá Goya, dígale a mi abuelita que me saque de aquí!", había escuchado en sueños la súplica de su único hijo, pero qué podía hacer ella más que prenderle veladoras y hacerle de comer a su propia madre que parecía más madre de su nieto que de ella.

Esa tarde, Goya regaba su piso de ladrillo rojo y evocaba, con el olor a tierra mojada que levantaba cada escobazo, el recuerdo de su difunto Felipe. Trataba de imaginar su cara madura, con los surcos que no se le alcanzaron a formar. ¿Cómo habría sido su vida si no le hubieran matado a su Felipe? Seguramente a Chaía no se lo habría tragado el mar ni a ella se la habría tragado la locura intermitente que la cansaba tanto y que, en los momentos de más sopor, la hacía querer matarse.

Entonces echó otro poco de agua y del charquito salió un canto suave, como un bostezo afinado y agudo. Miró al piso y vio que el agua formaba, parecía, el rostro de una mujer.

Ya estaba Goya muy acostumbrada a ver cosas que no deberían estar ahí, por eso ni se inmutó cuando el rostro acuoso abrió la boca y empezó a hablar con un tono solemne, ridículo. Goya no pudo evitar soltar una carcajada.

Para entonces Goya ya había escuchado alguna radionovela en casa de los Gerónimo. Los domingos encendían el radio en el corredor y una bola de chamaquitos se acercaba religiosamente a escuchar *Ave sin nido*. Goya —que casi ni conocía la vergüenza, aunque la calma estuviera de invitada en su catre— corría con los chamaquitos detrás de aquel canto de sirena de la amplitud modulada. Se le hacía muy bonita la voz de la muchacha que hacía de Anita de Montemar. Amalaya una voz así para enamorar a otro ferrocarrilero, pensaba cada que Anita de Montemar entonaba la desdicha por la traición de Carlos.

Se le figuró, mientras escuchaba sin asombro a la mujer que le hablaba desde el charco de agua, que su voz era como la de la pobre Anita. ¿Será que regrese con Carlos? ¿Será que su hija Alicia los perdone?

—¿Qué no me escuchas, mujer? —burbujeó el charco.

—Discúlpame, manita, me distraje en mis pensamientos. Me pasa seguido. Dime lo que me quieras decir, te estoy escuchando.

—Dile a tu madre que deje en paz a mi marido.

—¿Y quién es tu marido, manita?

—¡Tu hijo!

—¿Cómo vas a creer? Si mi hijo se ahogó en el mar.

—Acá está conmigo, pero no encuentra sosiego porque tu madre no deja de llamarlo. —El rostro acuoso desapareció y sólo quedó el agua revuelta con tierra y sus ondas.

Goya se quedó viendo el charco, tratando de decidir si creerle a sus ojos o hacerse la loca. Y se decantó por olvidarse de la visión, seguir con su piso, sus recuerdos y el tenue dolor por su hijo perdido. ¿Qué caso tenía decirle a su Mamá Fidela de esta visión? Nomás la iba a angustiar más, a retorcerle el cuchillo que la vida le había encajado, frío, afilado, profundo, antes de despedirla del mundo que muy pocas veces la trató bien.

El grito doloroso se revolvió con el ruido de la palma de la escoba al tallarse contra el piso. El agua salió disparada tras el escobazo y mientras viajaba suspendida en el aire, Goya escuchó clarito a su hijo gritar: "¡Mamá, ya no aguanto!".

Goya vio aterrada la tierra humedecida por el agua de la que había salido aquella súplica y recordó al cadejo que ante sus ojos se convirtió en hombre y luego en diablo.

—¡Mijo, tú ya viste a los ojos al mismísimo diantre, ya conoces sus secretos! ¡Húyete!

¿Sería posible que su hijo entendiera su consejo tan a medias, tan regado como el charco, de transformarse como el diablo? Ni siquiera sabía si Chaía había alcanzado a escuchar. ¿Y si la méndiga sirena Anita de Montemar salía más lista y se le adelantaba a Chaía con las conclusiones?

Goya, con la oscuridad endemoniada que ya le empezaba a brotar de la cabeza y el pecho, tomó el rebozo blanco y agarró camino a buscar a Mamá Fidela, antes de que la neblina y la locura la dejaran inservible por días.

⋆ ⋆ ⋆

Chaía no recordaba nada y Fidela no estaba para confirmar el cuento. Todo lo que se sabía, se sabía por el relato de Goya que vinieron a creer tras varios años, hasta que un grupo de viejas chismosas y el mismo nieto de Goya presenciaron su inexplicable muerte después de bailar con un colibrí. A partir de entonces todos los dichos de aquella mujer desquiciada, por lo menos los que la gente recordaba, se tomaron por ciertos. Tal vez siempre dijo la verdad y por guicha no lo creyeron, tal vez sólo estaba guicha. Definitivamente estaba endemoniada.

Y lo que se sabía, lo que Chaía escuchó de boca de su madre, lo que quedó como marca de ganado en el alma de todos los Pineda Carlos —incluida una futura Goyita, desquiciada a su manera— era que una sirena tal por cual había maldecido a Chaía y toda su prole por escaparse de su lecho matrimonial, que a decir de Goya, seguramente era una cueva en el fondo del océano Pacífico.

—Ni lo mande el creador, manita, que nos volvamos a encontrar con esa hija de la chingada después del mal que nos hizo. Pobre de mijo que va a tener que vivir con eso. Yo hice lo que pude, por mi chamaquito, por mi mamita, pordiositosanto, pero así nos fue.

Chaía se quedaba callado cada que su mamá se soltaba a contar su regreso. No tenía más que agregar. Cuando él despertó estaba empanizado en arena de mar y abrazado por el cadáver de Fidela. Los gritos de su madre le picoteaban el cuerpo; podía sentir el filo de los alaridos en su piel arrugada por el agua.

Goya gritaba empapada y con las enaguas enredadas en las piernas. Chaía notó que a su mamá le faltaba un huarache y que a su abuelita le saltaba una mueca de dolor en su cara muerta con los ojos mirando al vacío. Se sintió amado.

—¡De verdad, manita! Pordiositosanto que una chinaca salió del mar. Se vino esa ola grande con el animalito intentando volar. Cuando pegó contra la arena, la chinaquita se retorció y se retorció hasta que se hizo mi Chaía. ¡Como el cadejo cuando regresa a su forma de hombre! Yo me hubiera convertido en gaviota, en pelícano. A saber por qué mijito quiso ser chinaca para escapar. Seguro porque en el fondo del mar no se ve nada. Yo digo que el pobre estaba atrapado en una cueva. ¿Dónde más? Dice que no se acuerda de nada. Mejor. Hubieras visto la cara de esa come-cuando-hay. ¡Bonita no era! No era mujer, pues. Tenía los ojos de pescado, la cabeza pelona, pellejuda, las chichis colgadas. Muy fea. Pobre de mijito que la tuvo que besar. Yo digo, pues… como ella decía que era su marido. Se arrastró esa ingrata para jalar a mi chunco, pero mi mamita no la dejó. La viejita amarró a Chaía con todo su cuerpo hasta que logré que la diantre esa se chispara de mijo y la ola la terminó de jalar de regreso al mar. Pero el corazón de mi mamá no aguantó, manita. Tanto dolor, tanta fuerza que hizo, tanto que chilló, tantos trabajos que pasó. Se fue sin saber que su nieto estaba vivo y nos dejó más pobres. Vendió todos los cuches, todas las vacas, todas las yuntas. Todo para encontrar a Chaía. Ay, mamacita, si vieras a tu nieto vivo. Sí, manita. Te lo juro pordiositosanto.

A Chaía le avergonzaba sentir el pecho caliente cada que escuchaba la anécdota. Batallaba para que las comisuras de la boca y los cachetes no se le fueran para arriba con esa risa involuntaria que le rebotaba de la cara, para disimular las chispas que los ojos soltaban al imaginar a su abuelita abrazándolo hasta con las piernas, con desesperación atiborrada de amor. Se le olvidaba, durante ese rato de felicidad, que su Mamá Goya juraba pordiositosanto, que la sirena le había hablado en un sueño unos meses después del regreso de Chaía y la muerte de Fidela.

—¡Más le vale a tu hijo no casarse ni tener hijos porque me los llevo, a todos y cada uno, por la gran humillación de abandonarme!

* * *

En su último día de vida, Goya, convertida ya en Goya "la guicha", Mamá Goya, Tía Goyita, Abuelita Goya y Esa, como le decía exclusivamente Poncha, vio a un colibrí verde y azul volar del almendro a su catre y pararse sobre el juanete de su pie izquierdo. Apenas el colibrí tocó su pie, la peste de su propia orina impactó contra su nervio olfativo. Se le encajó en el cerebro con una verguënza que ardía, como si el refajo, en lugar de empapado, estuviera en llamas.

Para asombro de Poncha, que estaba lavando ropa a unos pocos metros, Goya se paró de un brinco y se quitó en pocos segundos el refajo miado.

—¡Santiaguito de a caballo! ¿Cómo me vine a orinar?

Poncha, sin pizca de compasión, soltó una risita modesta, pero cruel, la única que le salía desde hacía varios años. Ya nada le daba risa, sólo la desgracia de la loca de su suegra y del infiel de su marido. El resto del mundo le causaba indiferencia o muina, sobre todo muina.

La risa le duró poco. Era ella la que tenía que limpiar las cochinadas de su suegra y aguantarle sus gritos, sus malos tratos, sus inventos de vieja loca. Chaía se desentendía de su propia madre y se la dejaba botada, como bulto de mazorcas podridas, sobre ese catre orinado y cagado.

Pero ese día, las cosas tomaron otro rumbo. Goya se limpió sola, se peinó y se santiguó con una lucidez que no se le veía en décadas. Con un tono respetuoso, que Poncha se tomó peor que un insulto, Goya le avisó que iría a hacer unos mandados.

—¿Qué mandados tiene que hacer, Mamá Goya? ¿Está guicha, pues? Acuéstese que nomás me da más trabajo.

—Dile a Chaía que lo mío no fue culpa de la sirena. Ya me voy a descansar. Adiós, mija. —Goya agarró camino con prisa. Poncha no hizo mucho para darle alcance, supuso que a media calle se daría la vuelta, pero no. La vieja encorvada, con la piel ceniza y las trenzas apretadas por un listón rojo brillante tomó vuelo hacia el panteón para encontrarse, por fin, con su Felipe.

En cincuenta y cuatro años no lo había visto ni una sola vez entre tanto aparecido que se le había puesto enfrente, entre tanta visión que la había hecho correr jalándose los pelos, gritando desfiguros, arrancándose el huipil. Pero ahora, le había dicho el colibrí con su piquito alargado, lo vería, hermoso, jovencito, fuerte, como había quedado suspendido en su mente.

Goya sabía que el precio de este encuentro sería su vida. Y le daba gusto porque ya habían sido muchos años de euforia y dolor. Qué bendición morirse, pensaba mientras atravesaba al tropel la cancha.

—¡Mamá Goya! ¡¿Mamá Goya, a dónde va?! —Corrió Tavito detrás de su abuelita.

—A ver a tu abuelo, mijo. —Goya aceleró el paso.

Varias vendedoras que salían del mercado con sus canastos vacíos alcanzaron a escuchar el nuevo disparate de Goya la guicha, pero a diferencia de sus viejos dichos, este se oía convincente, real. Y la siguieron, hipnotizadas por su olor a Maja, sus listones rojos y su paso decidido.

—¿Ahora sí me creen, hijas de la chingada?

La tumba de Felipe estaba en la orilla más lejana, allá a donde habían mandado a vivir hacía muchos años a los pobres con lepra. Lo más lejos del pueblo vivo, pasando incluso a los muertos que nadie o casi nadie recordaba.

Al llegar, Goya se quitó el huipil, las enaguas, el refajo y los huaraches. Casi desnuda y con los pies descalzos bailó un son que sólo ella escuchaba sobre la tumba ardiente de su único amor.

Y eso nadie se los contó, porque las viejas vendedoras de empanadas, marquesotes y queso seco lo vieron con sus propios ojos: un colibrí verde y azul voló frente a Tía Goyita como si la acompañara en el baile. Parecía que el colibrí también escuchaba el son que le sonaba a la guicha aquella en la cabeza.

Cuando por fin el colibrí se paró en su pelo canoso, Tía Goyita cayó como tabla, muerta y sonriente, con la cabeza bien abierta, en la tumba del finado que sólo ella lloraba.

* * *

Era evidente que la sábana no se había caído porque estuviera mal acomodada. Algo, alguien la había jalado, a propósito y despacito, para que no cupiera duda de que la estaban jalando. Chaía ya tenía los ojos cerrados, la mente vaga y el cuerpo desguanzado, pero Cándida todavía estaba despierta, y vio con terror cómo la sábana, poco a poco, fue dejando al descubierto sus piernas.

Chaía le había contado, sobrio y borracho, que se le aparecían muertos, encantamientos y demonios, pero ella no le había creído.

—¿Qué cosa? Guicha estás tú —le había dicho la primera vez que escuchó una de esas anécdotas de aparecidos. Y esa burla le valió la ausencia de Chaía por meses. Aunque seguía sin creerle, decidió no volver a poner en duda los cuentos locos de su amante de tantos años. Total.

No fueron los gritos de Cándida los que despertaron a Chaía, sino la carcajada de Reydavid, retorcido de la risa por el susto que acababa de meterle a la querida de su sobrino.

—No hagas eso, Reydavid. ¿Qué pasó, pues?

—Poncha está embarazada otra vez.

—¿Cómo sabes?

—Pues sé. Ya te dije que pares. Traes puro chamaquito a morir.

—¿Cómo vas a creer? Si mis hijos están todos sanos. No me traigas tristezas que ya tengo con este frío.

A Chaía no le había quedado visión alguna del rapto, lo único que conservaba en su memoria era aquel frío amalgamado con soledad, su cuerpo suspendido en negrura congelada. Poco le duró la tibieza de sentirse amado por su abuelita Fidela y su Mamá Goya. El pecho y el estómago se le congelaron con una tristeza que no lo soltaba ni borracho y que se hacía una con el mar cada que iba a pescar.

Pero confiaba en que la sirena ingrata ya lo había perdonado, o por lo menos se había olvidado de él; o tal vez se había conseguido a otro marido, alguno de los tantos ahogados que se había tragado Aguachil en todos los años que habían pasado desde que despertó en los brazos de su abuelita muerta.

¿Cómo iban a estar malditos si apenas ayer Alfonsino y Fidelita estaban jugando risa y risa en la carreta que estaba construyendo para don Julián Acuino? Alfonsino se cayó y se abrió la ceja; para consolarlo, Romana le dio tamarindo con ceniza. ¿Qué malditos iban a estar si la próxima semana iban a ir a Zanatepec a la pedida de la novia de Valentín?

Había prometido en la tumba de su abuelita Fidela no volver a ir al mar y no casarse nunca. Esta promesa la rompió primero, desesperado por calentar los fríos que no se le iban ni con el ardor de la tierra al mediodía de Reforma de Pineda que pisaba con el pie descalzo. Quería sentir otra vez el calor de los primeros días después de su regreso. Necesitaba sentirse amado.

Como se corría el rumor de que estaba maldito, ninguna muchacha había querido casarse con él. Ninguna muchacha con padre, huaraches y más de dos vestidos. Sólo Poncha aceptó escaparse con Chaía por más que su mamá Antolina le gritó que no fuera pendeja, que ese hombre le iba a traer puro sufrimiento.

Poncha tendría que haber anticipado la verdad en los dichos de su madre cuando le agarró aquella calentura quebradora el día que había quedado en fugarse con su futuro marido. Así, febril, adolorida y cansada se fue con Chaía, a una casita pasando el río, y se dejó tocar por un hombre por primera vez.

Nada, ni los brazos de Poncha, que con todo y sus muinas le procuraba, muy al principio de su matrimonio, toda su devoción, ni los primeros balbuceos de sus hijos, ni los besos de sus queridas, lograban siquiera entibiar su pecho glacial. Pero ver a sus chamaquitos trepar sin miedo el palo de tamarindo, correr descalzos, sin asomo de dolor, sobre la tierra caliente, salir de las diarreas con atole de arroz y Sidral de manzana, reír a gritos a pesar de los golpes y regaños de Poncha, le garantizaba la tranquilidad de saberlos vivos por muchos años más, muchos más de los que él viviría. No se sentía muy seguro de eso, pero ahí estaban las evidencias, y por si las dudas, les advirtió, desde muy pequeños, a todos sus hijos, que una sirena los había maldecido y que mejor se andaran con cuidado, no fuera a ser. Hasta que Reydavid, suspendido con su muerte en la juventud que Chaía había dejado mucho tiempo atrás, regresó aquella madrugada de 1996 para avisarle que la sirena había despertado de su amodorramiento y que ya iba a empezar a cobrarse el desaire, la humillación, el abandono con su hija la más puta, la dejada.

Chaía, entonces, se arrepintió de todo, primero y sobre todo, de regresar vivo del mar.

⋆ ⋆ ⋆

A Goyita, más que ingenua, su mamá le había parecido tonta cuando ella le contó la anécdota de las monografías. ¿Cómo no iba a saber que existían las monografías si las venden en cualquier papelería?

Pero Julieta sí era ingenua. Aunque sabía resolverse la vida, incluso a sus treinta y seis años, no sabía de la existencia de muchas cosas, como las cafeteras francesas, los discos compactos o la cera para depilar. A los dieciséis, cuando entró a la Escuela Normal en contra de cualquier pronóstico y desafiando la tradición familiar de quedarse en el pueblo haciendo totopo y queso, Julieta no sabía que en lugar de usar recortes de periódico, podía usar monografías a color para ilustrar sus tareas. Y por eso se llevó varias burlas, incluidas las de su única hija, veinte años después.

Julieta no alcanzó a saber muchas cosas que habría aprendido si la vida se le hubiera extendido unas décadas más; y Goyita, con la muerte prematura de su mamá, no alcanzó a saber otras tantas, como que las alas de las toallas femeninas sirven para agarrarse bien al calzón, y que es mejor ponerse una después de tener sexo por primera vez, porque al perder la virginidad puedes sangrar tanto como para manchar el calzón y los bloomers de tono pastel que decidiste usar a manera de traje de baño.

Así, con su mancha entre las nalgas, a la vista de cualquiera que caminara detrás de ella, Goyita atravesó tres enramadas hasta llegar a donde su abuelo reptaba, con la cabeza llena de sangre, suplicando que lo aventaran al mar.

Goyita nunca antes lo había visto tan fuera de sí, tan retorcido, con el gesto tan chueco y el cuerpo tan flácido. Para los ojos de su nieta, Chaía parecía una lombriz revolcándose en limón.

—Ayúdeme a levantarlo, Papá Chaía. Venga, le tienen que ver esa herida. —Forcejeó Goyita con aquella lombriz de setenta y seis kilos.

—¡Aviéntame al mar! ¡Dile a esa hija de la chingada que venga por mí y de una vez me mate!

—¿A Mamá Poncha?

—¡A la sirena!

A pesar de su estado gelatinoso y de la contusión en la cabeza, Chaía logró levantarse de la arena, tirar a un lado a su nieta y correr hacia las olas que aventaban uno que otro destello. Goyita no se atrevió a meterse al mar para jalar de vuelta a su abuelo. El miedo a ahogarse y la curiosidad la dejaron inmóvil, en la orilla, dándole la espalda a un grupo de personas que ya se había amontonado, con igual curiosidad por ver qué fin llevaría Tío Chaía.

Chaía se perdió entre la espuma. Su cuerpo vertical se fue hundiendo, poco a poco, sin que nadie moviera un dedo para impedirlo, hasta que su cabeza terminó de sumergirse en el agua. Todavía pasaron varios segundos de pasmo colectivo ante el suicidio que habitantes de Reforma de Pineda e Ixhuatán acababan de atestiguar.

—¡Vete a cambiar, chamaca, cabrona, andas enseñando toda tu putería! ¿Qué crees que no sé la porquería que acabas de hacer? —Poncha rompió la hipnosis comunitaria con un grito grave y una cachetada seca que tumbó a Goyita en la arena, mientras una ola se rompía a los pies de la adolescente y escupía a su abuelo que continuaba retorciéndose en limón y llorando a gritos.

Poncha no estaba segura de qué le había reventado el coraje: si el desfiguro de su marido corriendo al mar o la mancha de sangre que Goyita le enseñaba a medio pueblo. No importaba. Ahí tenía a Goyita para darle alcance y pescocearla hasta que se le pasara la muina acumulada por décadas. Pescocearla hasta que se muriera como su mamá y el resto de sus hijos. Pero la energía avejentada le alcanzó para una cachetada y una jalada de pelo. Después le regresó el cansancio y la tristeza.

—Vete, Goyita. Yo ya no te puedo cuidar.

Goyita, perdida en su propia ingenuidad, no entendía cómo es que estaba enseñando su putería. No se daría cuenta de la mancha roja en su bloomer sino hasta que llegara al Cuarto Grande a empacar sus poquitas ropas e irse a ser una huérfana lejos de las burlas de Reforma de Pineda, el odio de Mamá Poncha y la ruina de su abuelo.

5

Ras, ras, ras, ras.

—Patrón Santiago, Santiaguito de a caballo, salva a esta pobre muchacha del mal agüero.

Ras, ras, ras, ras.

—Virgencita de Juquila, Santo Niñito de Atocha, sáquenle el demonio a esta pobre desdichada.

Ras, ras, ras, ras.

El rezo de Mamá Poncha combinado con el ruido de la escoba contra el piso componen una suerte de canción que me arrulla mientras mi abuela barre el Cuarto Grande.

Tengo los brazos y los tobillos amarrados con un mecate reseco que ya me astilló las muñecas. Por primera vez en los dos días que llevo encerrada en el Cuarto Grande no siento el pozo ominoso que se me hizo a mitad del cuerpo desde la muerte de Canuto; un agujero hondo lleno de lodo putrefacto en el que se revuelcan los cuerpos de mis tíos muertos, el de mi mamá.

En cambio una modorra suave me sube como ola que va mojando de a poco la orilla del mar.

Miro a mi abuela con calma mientras ella me mira con recelo, con miedo a que otra vez se me meta el diablo.

—¿Eres tú, mi madre? —Se agacha y me esculca los ojos para encontrarme en las pupilas al demonio.

—Sí, Mamá Poncha. Suélteme por favor. Soy yo.

—Te puse en el pozol de esas gotas que traías. ¿Te hicieron algo?

—Yo creo que sí. Suélteme, abuelita, por favor. Me duelen las muñecas.

—Mi chunca, qué más quisiera, pero es por tu bien. Hoy llega doña Felicidad y te va a curar. ¿Tienes ganas de orinar? —Me acerca la bacinica que me ha servido de baño en este encierro involuntario. Entonces me doy cuenta de que no me he movido de esa cama ni para cagar. De pronto, como si la suciedad no hubiera estado ahí por horas entre las nalgas embarradas y en todo el cuerpo, percibo mi olor dulzón, putrefacto, una mezcla entre caca, sudor, orines y saliva reseca.

—Déjeme bañarme, Mamá Poncha. Déjeme hablarle a mi doctora.

—Yo te voy a dar tus medecinas esas en lo que te compones. Primero Dios no te vas a morir. Te mueres tú y seguido me muero yo, y yo de eso tan feo no me quiero morir.

* * *

Cuando abro los ojos me descubro libres las muñecas y los tobillos. No sé cuánto he dormido, pero la calma con la que me perdí en el sueño ya desapareció.

El globo de llanto que me creció en cosa de segundos en la garganta está a punto de reventar, pero contengo el impulso de soltarme a chillar porque no quiero que mis abuelos crean que estoy poseída. Quiero levantarme y salir corriendo, escapar de ese pueblo, encerrarme en el hospital, tragarme todas las pastillas que me dé Miranda y morirme con el alma aturdida, no le hace que luego ande vagando en el mundo de los invisibles, como dice el loco de Papá Chaía.

Intento levantarme pero el hormigueo de la pierna derecha que acaba de despertar conmigo me regresa a la cama. Veo que de todos modos la puerta está atrancada. No puedo salir.

Afuera se escuchan risotadas de hombre y el casete de Antonio Aguilar que Papá Chaía pone cada que está tomando con algún conocido.

La voz que no reconozco canta desafinada con la fuerza de un micrófono la canción que suena, la que Papá Chaía siempre regresa para repetirla varias veces antes de darle vuelta al casete.

Yo también la canto y me dejo llorar en la parte de "Ya muerto voy a llevarme nomás un puño de tierra".

* * *

Un chisguete de orines se escapa de los límites de la bacinica. Por más que quiero atinarle, no logro conservar el equilibrio con estas rodillas todavía trabadas por los dos días que no me moví de la cama. En ese esfuerzo mayúsculo de puntería y fuerza ando cuando Mamá Poncha abre la puerta. Detrás de ella aparece Felicidad con el gesto descompuesto. No puede disimular el asco que el olor encerrado del Cuarto Grande le provoca, ese olor que sólo reconozco si me concentro lo suficiente porque es mi propio hedor.

—¡Ave María Purísima! ¡Hiedes, madre, hiedes! —Me mira con horror desde la puerta y se lleva las manos a la cara para taparse la nariz—. Límpiate y súbete los calzones. Vino mi marido a trabajar conmigo la curación. Vamos a tener que empezar otra vez porque no hicieron nada de lo que les dije la vez pasada. Los seres no están contentos, Ponchita.

El brujo Leobardo es el dueño de la risotada que no reconocí. Es él quien está tomando cervezas con mi abuelo, cantando a gritos las canciones de Antonio Aguilar, como si no fuera a sacarle el diablo a una pobre loca maldita, como si no fuera cosa seria mi caso y el caso de mi familia a la que ya no le quedan más que dos viejos decrépitos y una solterona con las nalgas embarradas de mierda. Estoy furiosa.

—Espero que no me vaya a curar borracho. Ya conozco las mañas de Papá Chaía. Cuando pone la música así de fuerte es que ya se puso bien pedo. —Me quito la ropa—. Alcánceme por favor unos calzones limpios, abuelita. Están en la primera gaveta. Apesto.

—Sosiégate, madre. Leobardo y yo no vamos a aguantar berrinches. Tus viejitos no tienen por qué vivir la condena de cuidarte. O te dejas curar y te curas o te mueres.

—Déjeme bañarme.

—No, así como estás. Cuando terminemos te bañas para que te limpies todas las porquerías juntas, las de adentro y las de afuera. Y ya no me discutas, madre, que no estás para ponerte digna. Humildita debieras estar para que Dios se apiade de ti y los seres hagan más fácil su trabajo. ¿O qué prefieres?

⋆ ⋆ ⋆

En el cuartito donde Papá Chaía guarda las mazorcas, Mamá Poncha y Felicidad improvisan un altar para que el brujo Leobardo haga el trabajo pendiente de salvarme la vida, sacarme al diablo, librarme de la maldición o lo que sea que tenga metido en la cabeza.

Desde el umbral de la puerta del Cuarto Grande observo los movimientos cansados de las ancianas que arrastran con dificultad canastas llenas de maíz podrido que Papá Chaía acumula celosamente en ese cuartucho inmundo. Mientras los señores beben como agua helada los cartones de cerveza que el viejo loco compró para recibir a su invitado de honor, las mujeres batallan por construir, entre la basura, un lugar sagrado.

Ninguno de los dos me mira, aunque sé que el olor repulsivo delata mi presencia. Me imagino como uno de esos espantos malignos que anuncian su llegada con el olor a coladera que envicia el callejón o la esquina donde se aparecen solitarios para espantar incautos cada madrugada. Yo me aparecería así, enmarañada como estoy, con la piel rancia y los ojos llorosos, cubierta solamente por lo que visto ahora: una playera del PRI extragrande y desgastada por los años de encierro en un ropero lleno de ropa de gente muerta.

—Madre, llena esa cubeta y tráete el jabón. —Sobre una mesita vieja de madera, la curandera acomoda a la Virgen de Juquila sepultada en polvo que Mamá Poncha acaba de sacar del Cuarto Grande.

Aquella debilidad casi mortal que me gobernaba cuando llegué de niña a vivir a Reforma de Pineda me entume piernas y brazos. Los pies se enredan uno contra otro. Suelto la cubeta con agua y caigo de rodillas sobre el charco que yo misma acabo de hacer.

—¡Esa pobre ya está más en el panteón que un muerto! —se carcajea Leobardo y avienta hacia donde estoy una botella de cerveza.

—¡Cállate, Leobardo, ya estás borracho! Vinimos a curar a la muchacha. —Felicidad alza la vista alarmada y observa cómo Papá Chaía se levanta a tumbos de su hamaca y se mete al cuarto del extremo de la casa.

Mi abuelo sale de su habitación con la retrocarga en mano. A su paso patea la grabadora y Antonio Aguilar deja de sonar abruptamente.

Con el cuerpo confundido entre el miedo por la balacera que está a punto de desatarse, intento levantarme del charco para detener a Papá Chaía, pero sólo logro escupir una súplica harta.

—¡Ya, abuelito, no haga pendejadas! El señor está borracho, ni sabe lo que dice. —Mi cuerpo se desparrama en el charco como si fuera el río. Tallo los pies contra la tierra mojada y me extiendo bocarriba ya sin intenciones de levantarme. El lodo me abraza y me paraliza como si le hubiera dado cuerpo al miedo. Ya no me resisto, que me agarre el mugrerío, por lo menos es fresco.

Los gritos que mis abuelos intercambian con la pareja de brujos se oyen distantes, atravesados por paredes de vidrio o agua; murmullos ininteligibles que de pronto me han dejado de importar.

Ya, Goya, que pase lo que tenga que pasar, me dice una voz que pareciera mía pero que es ligeramente más aguda, como de niña, como de mujer haciendo voz de niña, como de una Gregoria que quiere quedar bien, que quiere hacerme creer que no está loca.

Mamá Poncha intenta levantarme de la tierra mojada. Papá Chaía le apunta al brujo Leobardo con la retrocarga y Felicidad jala a su marido de la guayabera.

Desde el piso los veo hacerse chiquitos mientras se acercan al portón de fierro pasando el árbol de tamarindo. Se van los que me iban a curar, los que nos iban a salvar de la muerte.

Más allá de la yunta que mi abuelo dejó a medio terminar, seis siluetas permanecen juntas, inmóviles. Una sombra negrísima tapa sus rostros, como si los estuviera viendo a contraluz. Siento sus miradas fijas en mí aunque no puedo verles los ojos.

—Ahí están, abuelitos.

—¿Quiénes, mi madre? Párate, chunca, te voy a bañar.

—Mi mamá, mis tíos. Ya vienen por nosotros.

* * *

A veces no siento nada, Miranda. Cada vez más seguido no siento nada. Y es tanto el no sentir que he dejado de moverme. El entumecimiento supera mi cabeza y mis pies. Entume el piso si me agarra en el piso, entume la hamaca, entume la cama, entume el espacio vacío de mi cabeza al techo y entume el techo también. A veces creo que hasta entume a mis abuelos si están cerca cuando dejo de sentir, porque la expresión se les borra de la cara, los hombros se les derrumban, las arrugas les cuelgan más derrotadas, la voz se les quiebra y la piel se les pone tan cacariza y porosa que casi puedo verla desmoronarse.

Pero luego vuelvo a sentir. Es horrible.

* * *

—¡Méndigos, salados, desgraciadísimos! —Mamá Poncha se agarra las enaguas y las exprime como si fueran pescuezos de gallinas—. ¡Déjennos, diantres hijos de la rechingada madre que los parió! —Lanza una piedra que se deshace al caer.

El grupo de adolescentes que nos ha seguido desde la casa al mercado estalla en carcajadas cuando todos nos damos cuenta de que la piedra no es piedra, sino un pedazo de caca seca de perro.

—¡Uuuuhhehhh! ¡Vieja pendeja, es cerote de chucho! —Entre risas, el más alto de los adolescentes agarra una piedra-piedra y me la lanza a la cabeza. Pero yo, que acabo de comer una jícara de pozol con medio frasco de clonazepam, siento el cuerpo flotando en las aguas del río Ostuta.

—¡Lárgate de aquí, puta del cadejo! —Me avienta otra piedra el más chiquillo del grupo, el mismo que nos esperaba afuera de la casa montado en una bicicletita y alertó a su pandilla que las malditas Pineda Carlos ya estaban en la calle.

El grupo de adolescentes entre divertidos y encolerizados por fin nos rodea a pocos pasos del quiosco. Mamá Poncha, asustada, avienta lo último que le queda por arma: su bolsa del mandado vacía.

Varias vendedoras que salieron del mercado atraídas por los gritos miran toda la escena pero ninguna se mete.

El adolescente alto camina hacia nosotras, tira con un manotazo a mi abuela y me agarra de la melena encrespada que no me he peinado en días, muy parecida a los pelos gruesos y duros que Mamá Goya se trenzaba en listones antes de perder toda la razón y convertirse en la primera loca de mi familia que vagaría, por temporadas, ida y mugrosa por Reforma de Pineda.

Yo, como mi bisabuela, he perdido la cordura y el interés en la higiene personal; he dejado de reconocer mi propio hedor y, si me miro en el espejo, es posible que tampoco reconozca mi propia cara. Me he convertido en la loca del pueblo.

Con una mano prensada a mi pelo y la otra con el puño cerrado en trayectoria a mi rostro, el adolescente me escupe en los ojos y su saliva se escurre por mis mejillas como las lágrimas que debería estar llorando, pero que el clonazepam tiene en custodia dentro mis glándulas lagrimales.

Antes de que su puño me desfigure la cara y que, envalentonados, todos esos imbéciles con la piel endurecida y manchada de jiotes me tundan a golpes en bola, el niño soplón grita que ahí viene la mamá del adolescente. De todos modos alcanza a voltearme la cara con una cachetada, pero parece que el temor a la ira de su madre evita el linchamiento de una anciana y de una loca en harapos.

Entre el griterío, que ahora se ha extendido a todas las espaldonas y brazudas que salieron del mercado, René Preto, que también llegó a la bola atraído por los gritos, me jala del brazo y los dos corremos hacia su casa. Atravesamos las cabinas telefónicas. Atravesamos el patio interior. Atravesamos la estancia de la casita de su abuela muerta. Atravesamos el cuarto donde me ha cogido después de ver *Enamorados.*

—¡Déjate ya de chingaderas, Goya! No puedo tener por mujer a una pinche loca cochina.

—¿Mujer?

Sale y azota la puerta. Escucho cómo batalla para meter la llave a la cerradura, cómo la tira al piso, cómo la torpeza del más inútil de los Preto no le permite encerrarme inmediatamente en el cuarto que fue de su abuela y que ahora es mi nueva prisión. Podría escapar, pero prefiero echarme en la cama y quedarme quieta mirando el techo.

* * *

Abro los ojos con un pestañeo violento, como si los párpados hubieran lanzado puñetazos a los fantasmas que me miran dormida. Un olor a muerto me chilla en las fosas nasales y se mezcla con el miedo que quema. Estoy acostada de lado, incapaz de moverme, aunque el hormigueo del brazo derecho me pide escandaloso que cambie de postura.

Giro apenas mi cabeza y logro distinguir, entre la oscuridad plana de la noche en el cuarto de la difunta Juana Preto, una sombra voluminosa de oscuridad abismal que baja del techo. Mi corazón se estampa repetidamente contra los huesos. Me imagino pequeñas grietas que se van extendiendo hasta cuartearlos profundamente; los siento quebrados, inservibles, colgantes debajo de la piel.

Intento extender la sábana para taparme la cabeza, pero el brazo, con sus huesos molidos, no responde. Trato de cerrar los ojos, pero los párpados permanecen trabados. Los únicos que ceden al movimiento son los globos oculares que logro torcer hacia el piso para no ver directamente esa negrura que pareciera descolgarse como capullo del techo.

De reojo alcanzo a ver que la sombra, cada vez más cerca, ha tomado la forma de una araña de dimensiones inmensas y que, donde debería estar la cabeza del insecto, está la de una mujer con los pelos blancos enredados, la boca abierta y la lengua colgante como gusano muerto.

El miedo rebalsa, se me sale por la vejiga. La tibieza de mis orines se extiende en el colchón de la finada y el olor a miados se revuelve con el olor a muerto impregnado en la habitación.

Por fin un grito logra escapar de la parálisis. Desde las entrañas, el terror contenido sale expulsado en ondas expansivas que van dejando espasmos descontrolados a su paso. Las piernas, los brazos y hasta los pelos se mueven independientes y violentos; tratan de huir de la carne a la que están pegados.

Me arrastro a la puerta y logro prender la luz. No hay araña, no hay muertos, sólo yo, empapada de orina e invadida por la roncha voraz que de la panza se ramificó en todas mis extremidades.

Soy incapaz de volver a la cama de Juana Preto. Me quedo sentada en un rincón, al lado de la puerta, con el cuerpo recogido en mis brazos de cuya piel enrojecida y escamosa sale una pus apestosa y espesa.

Soy yo el muerto putrefacto de la habitación.

⋆ ⋆ ⋆

René me baña un día sí, un día no. Dependiendo de su ánimo, de la intensidad de su cruda, de qué tan fuerte esté el calor, me restriega el zacate con fuerza o con suavidad.

Yo me dejo hacer, sin rezongar cuando me lastima, sin recordarle que por ahí no ha tallado cuando lo hace con prisa. El silencio me lo dicta, a veces el sopor, a veces el pánico. Lo que sea que gobierne en ese momento mi cuerpo, me cierra la boca y me cierra los ojos, me entume los brazos, me amarra las piernas, me encapulla en el purgatorio de la casa de los Preto habitada por el más tonto de sus hijos y por una loca que se orina en la cama.

No he hablado con Miranda en meses. Aunque tengo los teléfonos a pocos metros, apenas hace un par de días René dejó sin llave el cuarto de Juana Preto, donde me ha tenido encerrada, y a donde ha llegado a visitarme el fantasma de su abuela, justo las noches en las que el cuerpo se rinde al agotamiento del insomnio y, paradójicamente, logro dormir un poco.

La verdad es que ni con la puerta abierta habría intentado hablarle a Miranda o salir de aquí. De mis purgatorios, prefiero el que no habita la posibilidad de la presencia de Julieta. La odio por morirse y dejarme huérfana. La odio por no cuidarme de la vieja araña que no me deja dormir, por permitir que mi abuelo me llenara la cabeza de espantos, por traerme de vuelta a Reforma de Pineda.

Hoy René me restriega con cuidado. Por mi vientre pasa su mano desnuda embadurnada con jabón. Dice que no quiere lastimarme, que ya no me va a lastimar. De ahora en adelante vamos a ser una familia, dice. Él, su abuela muerta, yo y el feto que está creciendo en mi útero.

★ ★ ★

¿Y si al feto también se le aparece la vieja araña en sus sueños y quiere escapar del espanto? A lo mejor Papá Chaía también veía a sus tíos muertos desde el vientre de Mamá Goya. A lo mejor a mi feto su bisabuela lo arrulla, como las tías laceradas hacían con Papá Chaía, en lugar de espantarlo. Miranda, ¿los fetos saben que los fantasmas son fantasmas?

★ ★ ★

Creo que fueron dos días después de que René me trajo a su casa cuando Mamá Poncha vino a buscarme. Escuché sus gritos revueltos con llanto desde la calle, pidiéndole a René que me dejara salir. Vi, a través de la cortina, desde la ventana del cuarto de Juana Preto, la silueta menuda y jorobada de mi abuela.

Mientras me trenza, René me pregunta si quiere que la busque para que venga a cuidarme. Me sorprendo respirando con agitación mientras me agarro la panza. Me sorprende mi sorpresa, el impulso de acariciar al feto ante la posibilidad de que conozca a su bisabuela. Me sorprendo sintiendo.

Más allá del primer abrazo que me dio cuando llegué a vivir con ella, nunca recibí cariños de Mamá Poncha. Me cuidaba con dedicación, pero me trataba con indiferencia. Su lejanía insuflaba la nostalgia por las caricias de Julieta y eso me empujaba, literalmente, a pegarme contra su cuerpo cada que podía, aunque su cuerpo fuera una pared suave y abultada.

El tacto de sus enaguas, de su huipil, de su piel reseca e impasible, me hizo quererla, pensarla, unas contadas veces, como la mamá que ya no tenía.

Me sorprendo pensándola nuevamente en el papel de madre. El feto patea inconsciente de su existencia, pero lo interpreto como una bienvenida a su abuela-bisabuela. Por lo menos ella no está loca, pienso. Y si eres niña te llamaré Alfonsa, para que heredes la lucidez y frialdad de esta vieja culeca, así como yo heredé los nubarrones de mi bisabuela.

El feto se reacomoda y siento nuevamente mi cuerpo. Estoy emocionada.

—Que venga la vieja culeca y, si quiere, que venga también el viejo borracho —pronuncio palabra después de meses de silencio.

* * *

Los viejos me observan desde el umbral de la puerta. No se atreven a entrar ni se atreven a irse.

Papá Chaía apesta a sudor de días y cerveza; Mamá Poncha huele a decrepitud y grasa. Logro tragarme una arcada de asco, pero en el pecho, esa bola de aire se convierte en angustia y odio.

Me rasco la panza y me hago sangrar el ombligo botado. Dilato las fosas nasales ante el olor a putrefacción que expulsa la mancha roja encostrada que me acabo de abrir.

—¡Son ustedes!

—¿Nosotros qué, Goyita? —replica mi abuelo con tristeza.

—Los que me pudren. ¡Yo ya estaba bien, y miren, me están pudriendo al feto!

Me come por dentro, me come el feto, quiero rascarlo para que no le pique su piel traslúcida. Quiero sacarlo para que no se pudra en mi cuerpo.

En el suelo, las dos sombras de mis abuelos se multiplican. Seis siluetas negras comienzan a agitar los brazos. Mis abuelos están inmóviles, pero las sombras crecen, apenunmbran el cuarto de Juana Preto, iluminado apenas unos segundos atrás. Las siluetas caminan hacia mí y me tocan con sus doce manos la panza sangrante. El feto chilla como marranito asustado. Lo escucho sin escucharlo. Su chillido vibra en mi esternón y sale al exterior a través de mi propia voz. Grito furiosa y asustada mientras la panza se contrae en un nudo doloroso.

—¡Cálmate, mimadre! ¡Se te va a salir el chamaquito! —Mamá Poncha me alcanza la panza con su mano huesuda. La miro a los ojos, su expresión de súplica me conmueve. Quisiera abrazarla y pedirle que me peine, que me explique cómo es parir un hijo, que me prometa que me va a enseñar cómo mantenerlo vivo, pero sólo atino a aventarla.

El golpe suena con un crujido. El chillido de dolor es tan agudo como el de mi feto. Mi abuela grita tirada en el piso sin que nadie la auxilie.

—¡Goyita, le quebraste los huesos! Poncha no tiene la culpa de nada. ¡Yo soy el que debería estar muerto! —Mi abuelo se cubre el rostro retorcido con sus manos chuecas por la artritis. El llanto lava sus mejillas manchadas de mugre. Lagrimones negros las recorren y se dispersan en su cuello sucio.

Estoy confundida; no les quiero hacer daño y al mismo tiempo quiero matarlos.

¿Cuál de los dos cerebros que habitan mi cuerpo es el villano? ¿Soy yo o es el feto el que quiere deshacerse de los progenitores de mi maldición?

* * *

Mamá Poncha gimotea entre dormida y despierta. Papá Chaía castañea empapado en sudor y en el dolor de la sobriedad. Yo los observo callada desde la silla en la que me encontraron. No puedo dejar de rascarme la mancha roja que ahora corona la que, creo, es la cabeza del feto. El arrepentimiento me satura el pecho. Quisiera acercarme a mi abuela para acariciarle sus trenzas cenizas, besarle la frente, acurrucarme en su huipil manchado de manteca, pero el pánico ha regresado con su escafandra pesada y agria, llena de odio y miedo a convertirme en una sombra maldita que deambula por ahí, sin descanso, asustando gente.

Han pasado muchas horas desde que René se fue a Juchitán a buscar una ambulancia. El cuarto de Juana Preto se oscurece de a poco. Calculo que son las seis de la tarde por la luz timorata que se mete a través de la ventana y por la tristeza que suelta una capa más de peso sobre mi cuerpo.

Parece que, con todo y el dolor de su abstinencia, Papá Chaía escuchó mis pensamientos, y se acerca a Mamá Poncha para acariciarle la cabeza y tomar su mano. Nunca antes, ni en el tiempo que Julieta estuvo viva, ni en los años que viví con ellos, los vi tocarse.

Mi abuelo tiembla y gime, con la cara contraída y sufriente, como si fuera él quien tuviera la cadera rota. Comparte el sufrimiento de Mamá Poncha con genuina ternura. Mi abuela lo ve, fija sus ojos en los ojos de su marido y llora con prudencia. Imagino que en su mente le dice que lo perdona, pero tal vez sólo tiene la misma muina de siempre, que no puede gritarle porque está paralizada de dolor, pero si nos acercáramos para chuparle las lágrimas que le escurren a los costados de la cara, sabríamos, por su sabor amargo y no salado, que lo que sus ojos dicen es el reclamo de toda la vida por darle seis hijos muertos, una nieta loca y una cadera rota.

—Hazte para allá, no la toques —Mi abuelo manotea al aire.

—¿A quién le habla, Papá Chaía?

—A Reydavid.

—¿Qué dice?

—Que por fin nos vamos a morir.

★ ★ ★

Por fin.

Algo de lo que no alcanzamos a hablar, Miranda, porque no tuve la oportunidad de experimentarlo sino hasta que me vi obligada a habitar mi cuerpo continuamente, sin dormir, sin gritar, sin correr, sin poder huir del cuarto cerrado de

Juana Preto, es que llega un momento en el que todo pasa. Tal vez el miedo se aburre, tal vez el cuerpo se acostumbra a la presencia de los fantasmas y estos dejan de asustar, o será que lo que importaba ya no importa, que todo deja de tener sentido en el vacío de una habitación cerrada que manifiesta, una y otra vez, sin novedad, a la misma fantasma con cuerpo de araña y cabeza de anciana. Una palabra que pronuncias repetidamente hasta que deja de significar.

Y luego todo vuelve, como si el cuerpo, de pronto, olvidara los espantos a los que estuvo expuesto; como si el miedo saliera de su modorra, se espabilara, se limpiara las chinguiñas y se pusiera a trabajar. Pero esa vuelta trae consigo la promesa de que pasará, un por fin implícito, un descanso anunciado, su derrota y su triunfo en la frente.

Y tal vez esa es la peor de las maldiciones: el continuo del miedo que viene y va. El ciclo interminable de dolor-calma-dolor-calma. Y si hubiera sido otra, una Hernández, una Juárez, una Gutiérrez, tal vez me hubiera consolado la resignación de la muerte, pero soy una Pineda Carlos, la última de su especie. Y hasta donde sé, por la deuda de mi abuelo, los Pineda Carlos no descansan. Hasta donde sé.

★ ★ ★

El piso se revuelca.

Antes de dilucidar si soy yo, me caigo de la silla. No soy yo, no es el pánico; el piso se mueve de verdad.

Intento levantarme, pero vuelvo a darme un sentón. Pienso, entre el miedo y la urgencia de salir corriendo, en el bienestar del feto. No quiero que le pase nada. Quiero conocerle la cara.

Logro levantarme e intento jalar a mi abuela. Veo el quebranto en su mirada, sus ojos rojos, llenos de lágrimas.

—¡Vete, Goyita! No hagas fuerza, se te va a salir el chamaquito. Vete, mimadre, por favor.

La ventana se quiebra, la pared se resquebraja. El techo se derrumba.

Mi abuela, debajo de los escombros.

★ ★ ★

Entre el mundo de gente que corre, grita, chilla, no distingo quién me ofrece una silla en las canchas del parque. Es una viejita parecida a Mamá Poncha, pero mi abuela está muerta, enterrada en lo que queda del cuarto de Juana Preto.

Me pregunta por mi abuelo. Estoy confundida, la cabeza me duele, me zumban los oídos. No recuerdo cómo llegué ahí.

—¿Sigue temblando?

—No, mija, estás mareada. Siéntate. ¿Dónde está Chaía?

—Se fue a Aguachil hace rato a entregarse a la sirena. No ha regresado.

—¡¿Qué cosa?! —Me golpea los antebrazos para sacarme el susto—. ¡Manita, que Chaía se fue al mar a dizque buscar una sirena! —la viejita le grita a otra señora que también se parece a Mamá Poncha.

Miro hacia el piso. Detrás de la panza noto mis pies descalzos batidos de lodo y sangre. Me aprieto la panza para sentir al feto, quiero hacer que se mueva, saber si sigue vivo.

—No te preocupes, mija. Si no te duele y no has sangrado, debe estar bien. —La viejita me soba la panza y de ella salta un chipote, como duna de arena—. ¿Ya viste? —Me abraza y yo me abrazo a ella.

La otra viejita parecida a Mamá Poncha me pone unos huaraches que me quedan grandes y me tapa con una toalla, aunque no tengo frío.

—¿Tú eres Goyita? —Se acerca un muchacho en bermudas y sin playera.

—Sí, mijo, es ella. ¿Qué pasó? —Me abraza con fuerza la viejita que me dio la silla.

—Encontraron a Tío Chaía… el cuerpo de Tío Chaía. Lo escupió el mar.

—¡Virgen santísima, Santo Niño de Atocha! ¡Cómo le dices eso así nomás, hijo de la chingada! ¿Qué no ves? —La viejita me aprieta la panza.

—Perdón, Tía Camila, yo nomás quería avisar. Está en ese redila.

Miro el camión que oculta el cuerpo de mi abuelo. Pregunto en voz alta si de verdad está muerto.

Repito la pregunta a gritos, dos, tres, cinco veces.

Las filtraciones revientan las grietas de mi cuerpo hinchado. Inundo las canchas del parque.

Nadie lo nota, pero he dejado de contener.

* * *

Voy hacia Juchitán en el mismo redila en el que llevaron el cuerpo de Papá Chaía de Aguachil a Reforma de Pineda. Miro el posible lugar donde su cadáver estuvo, hurgo en las sombras a ver si se aparece su espectro, escarbo en mis entrañas por si siento su presencia, la de Mamá Poncha, la de Julieta, mis tíos muertos. No tengo miedo.

No sé quién lo enterrará ni si lo harán al lado de todos sus hijos. No sé si lograrán encontrar el cuerpo de mi abuela.

No me importa.

Estoy de camino a México, Miranda, y voy embarazada de otro Pineda Carlos. No estoy segura de qué maldiciones le voy a heredar, pero creo que sobrevivimos a un terremoto. Algo es algo.

Agradecimientos

Gracias a Reforma de Pineda por dar la tierra. Perdóname por no describirte rebosante de belleza y vida; las exigencias de la ficción son canijas. Tendré que volverme poeta para expresar todo el amor que siento por ti. Gracias a Alaíde Ventura Medina, Aura García-Junco, Irasema Fernández, Danush Montaño Beckmann, Alf Bojórquez, Sujaila Miranda, Cristina Salmerón y Roberto Rosales-Salazar por sus lecturas, correcciones, consejos, compañía y cariño. Gracias a Martín Solares por enseñarme a dibujar la novela y a Bernardo Esquinca por ver algo valioso en ella cuando aún era un proyecto de poquitas cuartillas. Gracias a Eloísa Nava por su generosa guía para que estas letras se convirtieran en libro. Gracias a Pablo Medina, Felipe Medina, María Reyes Medina y David Lara por compartirme sus universos. Gracias a mis amigas por estar. Gracias a mi mamá Aidé por hacerme istmeña aunque haya nacido en el DF, y a mi hija Aimée por darme, con su maravillosa existencia, el impulso para seguir escribiendo.

Esta obra se terminó de imprimir
en el mes de julio de 2025,
en los talleres de Grafimex Impresores S.A. de C.V.,
Ciudad de México.